異世界モンスターブリーダー

~チートはあるけど、のんびり育成しています~

柑橘ゆずら
Kankitsu Yusura
Illust. かぼちゃ

「ようこそ。天界へ」
愛と美を司る女神
アフロディーテ

ソータが声のした方に目を向けると、
そこにはまるで神話の世界の女神さまと
見紛《みまが》うほどの、美しい少女の姿があった。
アニメ好きの高校生
カゼハヤ・ソータ

▶▶ クールな吸血鬼メイド ◀◀
キャロライナ・バートン
「ソータ！　た、たすけて……
この魔物、ヌルヌルしていて
凄《すご》く気持ち悪いのおっ……！」

「……許せねえ。
俺の仲間に酷《ひど》いことしやがって！」

次の瞬間。コカトリスは口の中から
灼熱《しゃくねつ》のブレスを吐き出した。

「ご主人さま！　上ですっ!!」
鍛冶屋の美少女
シエル・オーテルロッド

Isekai Monster Breeder

Contents

Presents by Kankitsu Yusura
Illustration by kabotya

異世界モンスターブリーダー

Isekai Monster Breeder

Presents by Kankitsu Yusura
Illustration by kabotya

プロローグ

ハーレム軍団結成!

ここは何処《どこ》だろう？

目を開けると、そこにあったのは何処までも非現実的な光景であった。

俺《おれ》が立っているここは……雲の上なのだろうか？

足元を見ると白くて、モコモコとした物体が素足にまとわりついていた。

微《かす》かにひんやりとした雲の感触は、俺の立っているこの世界が夢の中でないということを実感させた。

ついさっきまで俺は自宅で日曜朝のアニメ鑑賞に興じていたはずなのに——。

どうしてこんな場所にいるのだろうか。


「ようこそ。天界へ」


一種の神々《こうごう》しさすら感じられる凛《りん》とした女性の声。

声のした方に目を向けると、そこにいたのは神話の世界に出てくる女神さまと見紛《みまが》うほどの美しい金髪碧眼《へきがん》の少女であった。

何かのアニメキャラクターのコスプレをしているのだろうか？

その少女は浮世離れしたヒラヒラの衣装を身に纏《まと》っていた。

「すいません。ここは何処なのでしょうか？　というか貴方《あなた》はどなたでしょうか？」

「え～っと。キミキミ、アタシの話を聞いていなかったのかしら？　さっきも言った通りここは天界よ。厳選なる審査の結果、キミには、これから異世界に行って生活してもらうことになったの」

大きな胸を張って少女は続ける。

「そして……よくぞ聞いてくれました！　アタシの名前は、美の女神アフロディーテ！　キミという存在を異世界に送り出すナビゲーター的な存在よ！」

「……何処までが本気なんですか？」

ちょっと何を言っているのか分からない。

女神？　異世界？

この人は何を言っているのだろう？

「……ま。無理もない反応ね。キミのようなポンコツが異世界に送り出されて混乱のまま野垂《のた》れ死にしないようにアタシという存在があるのだもの！

こういうのは口で説明をするより実際に目で見てもらった方が早いわ。心の中でステータスオープンと念じてみなさい！」

「…………」

俺は心の中で釈然としない思いを抱えたまま、アフロディーテの言うことに従《したが》うことにした。

すると、どうだろう。

カゼハヤ・ソータ

職業　魔物使い

レベル 1

生命力　10
筋力値　5
魔力値　10
精神力　55

加　護

絶対支配

スキル

カプセルボール

突如《とつじょ》として、俺の意識の中にハッキリと浮かび上がってくる文言《もんごん》があった。

よくよく文章を読んでみると、それはゲームの世界で使われるようなステータス画面のように見えた。

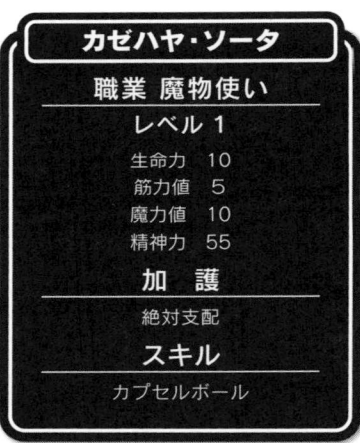

「なんなんだよ。これは……」

スタータス画面は、俺の脳裏にピッタリと張り付いて離れようとしない。

現実世界では味わうことができないような奇妙な感覚である。

最初は胡散臭《うさんくさ》いと思っていた、自称女神の言う『異世界』という言葉が真実味を帯びてきたような気がする。

「フフフ。魔物使いですって？　自力ではスライム1匹すら倒せるかどうか怪しいハズレ職業じゃない。ご愁傷《しゅうしょう》さま〜！」

「……なんだって？」

「いいこと？　特別に教えてあげるわ！　これからキミが送り出される異世界、《アーテルハイド》では生まれたときに自分の適性に合った天職が与えられる仕組みになっているの！　ちなみにキミの魔物使いという職業は、全《まった》く役に立たないお荷物的な存在よ！　地球では自宅に籠《こも》ってアニメばかり見ていたニートのキミにお似合いのゴミ職業ね！」

「…………」
ウ、ウゼェ……。
このアフロディーテとかいう女、口さえ閉じていれば絶世の美少女であることは間違いないのだが色々と言動は残念なやつらしい。

それに俺はニートではない。

毎日ゲームばかりやっているのは事実だが、こう見えて都内の公立高校に通う現役《げんえき》バリバリの学生である。

さてさて。

気を取り直して現状を整理してみよう。

ここに来てハッキリと実感が湧《わ》いてきた。

どうやら俺が立っている場所は本当に『天界』で、アフロディーテはこれから俺のことを異世界に送り出すつもりでいるらしい。

一体どうしてこんなことになっているのかは分からないが、ここまで非現実的な展開に遭遇したらドッキリの可能性の方が低そうである。

ところでこのステータス画面に書いているカプセルボールって何だろう？

カプセルボール　等級G　アクティブ
（投げ当てることで《基本種族》の魔物を一定の確率で使役するスキル。使役した魔物は主人に危害を加えることができなくなる）

取得条件

●魔物使いのLV1以上

俺が疑問を抱いた次の瞬間。

ステータス画面に新たなる文章が浮かび上がる。

どうやら疑問を抱くことが、ステータス画面のスキル&加護の効果を確認するためのトリガーとなっているようだ。

このスキルっていうのはゲームで言うところの特技みたいなもんだよな？

どうやって使うんだろう？

ステータス画面を開くときは心の中で念じることがトリガーになっていた。

ならばスキルの方も同じ要領で出来るのではないだろうか。


「おお……」


検証成功！

心の中で《カプセルボール》と念じると、掌《てのひら》から野球ボールサイズの半透明の球体が具現化された。

そのデザインは、子供のころに夢中になったガチャガチャのカプセルを彷彿《ほうふつ》とさせるものである。

「カプセルボールは魔物使いの基本スキルね。そのボールを投げて当たると、一定確率で魔物を捕まえて、使役することが出来るわ」

「ふーん。なるほどなぁ……」

そういうことなら少し実験をしてみようかな。

ちょうど訳の分からない場所に連れてこられてイライラしていたところだ。

俺は腹いせも兼ねて、アフロディーテに向かってカプセルボールを投げてみることにした。


「……はい？」


かなりゆっくり投げたつもりだったのだが、カプセルボールはアフロディーテの体に見事命中することになった。

「いたっ！　ちょっと貴方《あなた》……何をするのよ⁉　言っておくけど、魔物使いが使役できるのは魔物だけでアタシにカプセルボールを投げても意味がないんだから……」

異変が起きたのは、その直後であった。

「ふぎゃあああぁぁぁ⁉　いやいや！　待ちなさいよ！　嘘《うそ》でしょ⁉　なんで⁉　どうして⁉」

俺の投げたカプセルボールは突如として眩《まばゆ》いばかりに発光して、アフロディーテを吸い込んでいく。

結果。

いつの間にやらアフロディーテの体は、スッポリ小さなカプセルボールの中に入ることになる。

「コラッ！　出しなさい！　これは神に対する冒瀆《ぼうとく》よッ！」

アフロディーテは何処からともなく取り出した枕《まくら》を使って、カプセルボールの内側からドンドンと壁を叩《たた》いていた。

ちなみにボールの中に入ったアフロディーテは、消しゴムサイズまで小さくなっている。

「……そうしてやりたいのは山々なんだが」

「うううぅぅ。お願い！　お願いだから出しなさいよぉ……」

アフロディーテは涙目であった。

正直に言って1から10まで状況は全く飲み込めていない。

いきなり天界とやらに呼び出されたと思ったら、異世界に行けと言われて、気が付いたときには魔物使いにされていた。

けれども。

何はともあれ、この台詞《せりふ》だけは言うことが出来るだろう。

神様！　ゲットだぜ！

アフロディーテ

図鑑NO　？？？

種族　神族
等級　？？？

レベル 3620

生命力　29778
筋力値　19822
魔力値　68810
精神力　38240

スキル

UNKNOWN

第1話
初めての異世界

目を開けると、見渡す限り何処《どこ》までも続く広い草原がそこにあった。

げ！

なんだこの植物⁉　顔があるぞ⁉

それに太陽が青い……青く光っている！

驚いた。本当に異世界とやらに召喚《しょうかん》されてしまったわけか。

う～ん。どうしたものか。

ゲームで培《つちか》った知識を参考にするならば、最初にするべきことは『街を目指す』ことなのだろう。

幸いなことに俺《おれ》の直《す》ぐ近くには人が通った跡《あと》のような道が見える。

この道を辿《たど》って行けばいつかは、人のいる街に到着するのではないだろうか？

「……魔物だ」

暫《しばら》く切り開かれた道を歩いていると、前方に体長50センチにも満たない緑色の肌をしたこびとを発見する。

向こうからは俺の姿は見えていないらしい。

どうする？　戦うべきなのか？

ゴブリンと言えば、ゲームの世界では割と序盤から登場するモンスター。

試《ため》しに戦闘を行うには、おあつらえむきの相手かもしれない。

けれども。

異世界に召喚されるにあたり、授《さず》かった俺の職業は魔物使い。

普通に正面から殴りにいくのは何かが違う気がする。

こんなとき俺のやっているオンラインゲームなら親切なナビゲーターが、チュートリアルの説明をしてくれるのだが……。

現実はままならないものである。


「……いや。待てよ」


名案が閃《ひらめ》いた俺は、カプセルボールのスキルを使うことにした。

直後、俺の掌からは半透明のカプセルが召喚される。

おお。

やっぱりいるみたいだ。

よくよく目を凝らしてみると、カプセルボールの中には金髪の美少女アフロディーテの姿があった。

「ふふふ。もうどうにでもな～れ～」


しかし、先程までの威勢の良さは何処にやら。

アフロディーテは持っていた枕《まくら》を座布団《ざぶとん》代わりにして、虚《うつ》ろな眼差《まなざ》しでボールの中で体育座りをしていた。

どうやったらボールの中から彼女を出すことが出来るのだろうか？

スキルについては心の中で念じることで使用することが出来た。

ならばカプセルボールから魔物を呼び出すのも、同じ要領で出来るのではないだろうか？

ええい！　ものは試しだ！

心の中で『召喚』という言葉を念じてみよう。

すると、次の瞬間。

カプセルボールは光の粒子を発して、人の形を作るようになる。

光の中から現れたのは、金髪巨乳の絶世の美少女――。

アフロディーテであった。


「よお！　また会ったみたいだな！」

「……ふぇ？」

　アフロディーテは体育座りの姿勢で地面に腰を落としたまま「何が何だか分からない」と言った表情で、パチクリと瞬《まばた》きをしていた。

「ちょっと！　貴方《あなた》！　なんてこと……なんてことを⁉」

「いや。その節は悪かったよ。俺だって悪気《わるぎ》があってやったわけじゃないんだ。許してくれ」

「あ@kjbxじゃscんあいぐすいッ！」

　アフロディーテは言葉にならない言葉を発しながら、俺の胸倉を摑《つか》んでブンブンと揺する。

「というか、この場所で騒ぐのは色々とまずいって！　向こうにいる魔物に気付かれちまう」

「はぁ？　魔物ですって？」

　アフロディーテはようやく俺の服を離すと、魔物のいる方に視線を向ける。

「魔物って。ハンッ！　たかだかゴブリンじゃない」

「たかだかって……。もしかしてアフロディーテって、とんでもなく強かったりするのか？」

「当然でしょ。仮にもアタシは女神なのよ？　神であるアタシが魔物ごときに遅れを取るはずがないじゃない！」

「おお。そいつは心強い……！　なら手始めにそこにいるゴブリンを追い払ってくれないか？」

「仕方がないわねー。それが終わったら色々と話を聞いてもらうわよ！」

アフロディーテはゴブリンの方に向かってトコトコと歩くと、仰々《ぎょうぎょう》しく右腕を天に向かって突き出して――。

「哀《あわ》れなる子羊よ。美の女神アフロディーテの名の元に神の裁《さば》きを受けよ！　ゴッドブレス！」

格好良く決め台詞《ぜりふ》を口にする。

ところが――。

威勢のいい言葉を口にしたにもかかわらず、ゴッドブレスどころか、そよ風の一つも吹きはしない。

「お、おかしいわね！　ゴッドブレス！　ゴッドブレス！」

アフロディーテは立て続けに技の名前を口にするが、相も変わらず周囲にはなんの変化も見られない。

それどころか大きな声を出したせいで、ゴブリンにこちらの存在を気付かれてしまう始末である。

「ソータ……。だ、だずけ……だずけで……」

ゴブリンにヒラヒラの衣服を引っ張られたアフロディーテは涙目になっていた。

この神様は本当に……何から何まで頼りにならない奴《やつ》であるらしい。


～～～～～～～～～～～～～～～～


そういうわけでアフロディーテが倒し損ねたゴブリンの始末は、俺が請《う》け負うことにした。

身長50センチに満たないゴブリンという魔物はそれ単体では、人間の脅威になるような存在ではないらしい。

体格の有利さを活かした蹴《け》りを頭に入れると、ゴブリンはたちどころに動かなくなった。

まさか一発で仕留められるとは思わなかった。

魔物使いという職業は、最弱だという話を聞いていただけに肩の荷が色々と下りた感じである。

「うぅ～。どうしてアタシがこんな目に遭《あ》わないといけないのよぉ……」

アフロディーテは涙目になりながらもヘナヘナと地面に腰を落とす。

「えーっと。アフロさん？　そう気を落とすなって」

「誰《だれ》がアフロよ!?　アタシは見ての通りサラサラよ！」

「……お、おう。そうなのか」

クワッと目を見開いて立ち上がったアフロディーテは、俺に向かって自分の金髪をこれでもか！　と、見せつける。

悪かったよ。

たしかにお前の髪の毛はストレートロングのサラサラだな。

あと、いい匂《にお》いもするよ。


「どうしてもアタシのことを略称で呼びたいのならば……ディーと呼ぶことを許可するわ。不本意だけどアフロと呼ばれるよりはマシだもの！」

「分かったよ。それでさっきの話の続きなんだけど、どうしてゴブリンなんかにやられちまったんだ？　詳しくは分からないけど神族っていうのは強いんだろ？」

「うっ……。それは……」

目線を逸《そ》らしながらもアフロディーテは口籠《ごも》る。

どうやら先程の出来事《できごと》は彼女にとって、よほど恥ずかしいことであったらしい。

「さっき貴方とアタシのステータスを確認した時に原因が分かったの。忘れていたけど神族が力を発揮できるのは天界に限定されるらしいのよ。森羅万象《しんらばんしょう》を灰燼《かいじん》に変えるゴッドブレスの魔法が使えなかったのもそのせいだわ！」

「……お前はゴブリン相手にそんな物騒な魔法を使っていたのか」

俺はツッコミを入れながらもステータス画面を確認する。

アフロディーテ

図鑑NO　???

種族　神族
等級　？？？

レベル 3620

生命力　29778
筋力値　4（↓19818）
魔力値　18（↓68792）
精神力　13（↓38227）

スキル

UNKNOWN

どうやら魔物使いは、使役した魔物のステータスを確認することが出来るらしい。

元のステータスと比較をすると、生命力以外の数値が軒並《のきな》み下がっているようであった。

「アタシは今回の出来事について推理をしてみたわ。貴方のステータスの加護の欄に《絶対支配》っていうのがあるじゃない？」

「ああ。たしかに。そんなのもあったな」

カプセルボールのインパクトが強過ぎて今の今までそれほど気にしていなかった。

「というか加護って一体何なんだ？　スキルと何が違うんだ？」

「ザックリ言ってしまうと、加護っていうのは才能みたいなものよ。スキルというのが後天的に努力で身に付けられるのに対して、加護は先天的にしか身に付けられないものなの。それにしても驚いたわ。加護を持っているのなんて歴史上の偉人とか、本当に限られた存在だけなのに……」

ふむふむ。

つまり加護が才能だとするなら、スキルというのは特技に近い位置づけなのだろう。

絶対支配　等級　詳細不明
（森羅万象を支配する資格を持った者に与えられる加護）

ステータス画面を開いて、加護の欄を確認してみると何やらただならない文章が浮かび上がっていた。

「……気付いたかしら？　貴方の持っている《絶対支配》の加護は、魔物使いという職業が不遇と言われる所以《ゆえん》である『基本種族の魔物しか使役出来ない』というルールを根底から覆《くつがえ》すものなのよ」

「待てよ。どんな種族でも契約出来るってことは、たとえば人間も使役することが出来たりするのか？」

「当然でしょう。神であるアタシにすら有効だったんだから。人間ごときに耐性があるとは思えないわ」

なんということだろう。

人間を使役できる魔物使いとは一体……。

どうやら俺が手に入れた能力は……この世界ではバグとしか思えないような性能のものだったらしい。

「ちょっとソータ⁉　そのステータスは何⁉」

俺が頭を抱えているとアフロディーテは驚きの声をあげる。

カゼハヤ・ソータ

職業 魔物使い

レベル 557（↑556）

生命力　252（↑242）
筋力値　95（↑90）
魔力値　200（↑190）
精神力　2898（↑2843）

加　護

絶対支配

スキル

カプセルボール
鑑定眼

何事かと思いステータス画面を開いてみると、俺のステータスが狂ったように上昇していた。

「なんというか……いきなり凄《すご》くレベルアップしているみたいだな。ゴブリンって実は凄く経験値をくれる魔物だったのか？」

「そんなはずないでしょうっ！　そんなボーナスモンスターがそこら中に湧いていたら怖いわよ！」

まあ、当然といえば当然か。

ゴブリンを1匹倒しただけで500以上もレベルが上がることになれば、途端にレベルのインフレが起こってしまうことになる。

となると、心当たりは一つしかない。

「なら、やっぱり天界での出来事が関係しているのかな？」

俺の言葉を聞いた直後。

アフロディーテは納得いったかのようにポンと手を合わせる。

「それだわっ！　ソータのレベルが上がったのはアタシを使役することに成功したときに大量の経験値を獲得したからね。まっ、美の女神であるアタシから経験値を取得したんだから。これくらい上がるのは当然の結果よ！」

「…………」

大きな胸を張って得意気な表情をするアフロディーテ。

どうしてそこでお前がドヤ顔になるんだよ？

鑑定眼　等級　B　アクティブ
（アーテルハイドに存在するアイテム、生物の性能を見極めるスキル）
取得条件
●精神力2000以上

アフロディーテと契約して大量に経験値をゲットしたことで収得したのだろう。

遅れて気付いたのだが、俺のステータスには新たに鑑定眼のスキルが追加されていた。

「レベルの割に精神力以外のステータスがいまいち低い気がするな」

「うーん。そこは仕方がないんじゃない？　魔物使いが最弱職といわれる所以はステータスの低さにあるらしいし。でも、ソータのレベルが上がったのは不幸中の幸いというやつね！　もしかしたらアタシたちは意外に早く元の世界に戻れるかもしれないわよ」

「？　どういうことだよ？」

「あら？　言っていなかったかしら？　貴方はこのアーテルハイドを救う勇者として呼び出されたのよ？　だからいずれこの世界に復活を遂げると予言されている魔王を倒して人類を救うまでは元の世界に帰れない。そういうルールで貴方をアーテルハイドに送り出したのですから！」

初耳過ぎる！

そういうことは異世界に送り出す前に言えよ！

「確認しておきたいんだが……その魔王っていうのは、まだこの世界にはいないんだよな？」

「そうね。でも復活は時間の問題と言われているわ。今から5年ほど前からかしら？　神族では魔王の復活に備えて、ソータのような勇者を地球から次々に送り込んでいる最中なのよ」

「………………」

俺のように異世界に召喚される地球人が他《ほか》にもいたのか……。

異世界で生活していれば、地球から召喚された人に会える日がくるのだろうか？

「一つ疑問に思ったんだけど、仮に俺がその魔王っていうのを倒して地球に戻った場合、俺の魔物使いの能力は消えちまうのか？」

「えーっと。その場合、能力は引き継がれるはずよ。手に入れた能力を削除することはアタシのような神でも不可能だもの」

「……となると、カプセルボールで手に入れた魔物も地球に持ち帰ることが出来るわけだな？」

「まあ、そういうことになるわね。能力を悪用させないためにアタシたち神族が定期的に監視することになると思うけど」

「………………」

アフロディーテの言葉を受けた俺は、そこで一つの大きな決意を胸に誓った。

「……よし。決めた」

「？　決めたってなんのこと？」

「目標だよ。異世界で生きていく上での目標が決まったんだ」

「なるほど。殊勝な心がけね。さっそく魔王を倒す決心を決めてくれたってことかしら」

「いや。違うけど？」

「えっ」

即座に否定をすると、アフロディーテは困惑の表情を浮かべた。

「……も、もしかして貴方は、元いた世界に戻りたくないとか考えるタイプだったりする？」

「いや。もちろん俺は日本のアニメとゲームが大好きだし地球に戻るつもりでいるよ」

「……どういうことよ？　アタシの話を聞いていなかったの？　元の世界に帰るには魔王を倒すしか方法はないのよ？」

アフロディーテが食い下がるので仕方なく説明をしてやる。

「いいか。一度しか言わないからよく聞けよ？　俺の目標はこの《絶対支配》の能力を使って異世界の美少女を地球にお持ち帰りすることだ！」

「…………………………………………………………………………………………」

……………………………………………………………………………………

……………はい？」

俺のアイデアを聞いたアフロディーテは、頭上に特大のクエスチョンマークを浮かべる。

アフロディーテの話によると、魔物使いとしての俺の能力は地球に戻った後も消えることはないらしい。

ならばこのカプセルボールに異世界でゲットした美少女を入れておけば、地球にお持ち帰りすることも可能だろう。

「言っておくけど。俺は本気だぞ？　異世界でハーレムを築《きず》くことは何ものにも代えがたい男のロマン！

けどな、俺はエアコンもジャンクフードもない世界に長く滞在するつもりはサラサラねえ！

魔王は倒す。ただしそれは異世界で理想のハーレムを築いた後でいい！」

「ま、ますます意味分からないわよ！　そんなことが倫理的に許されるはずがないでしょう！

第一に神であるアタシが黙っていないわ！」

「いいのかよ？」

「何がよ」

「魔王を倒さないとお前も天界に戻ることが出来ないんだろ？　俺はこの世界で最高のハーレムを築くまでは魔王を倒すつもりはないからな？」

「……ッ!?」

俺の言葉の意味に気付いたのかアフロディーテは驚愕《きょうがく》の表情を浮かべる。

たしかにアフロディーテのステータスは天界では強かったかもしれないが、この世界では制限がかかっていて弱体化してしまっている。

言うなれば彼女が天界に帰れるかどうかは、今のところ俺の活躍にかかってしまっているのである。

「ディーは天界に帰りたいんだよな？　なら俺の計画に協力する気はないか？」

「バカなこと言わないでよ！　神であるアタシが、そんな下賤《げせん》な計画に手を貸せるはずがないわ！」

「そうか。ならお前は一生このままこの世界で暮らすことになるかもしれないけど……それでいいんだな」

「うっ。ううっ～」

アフロディーテは暫《しば》く無言で何かを考えていたかと思うと、やがて何かが吹っ切れたかのように清々《すがすが》しい笑顔を浮かべる。

「し、仕方がないわね！　不本意だけどアタシ……ソータのハーレム作りに協力するわっ！」

「よっしゃ。お前ならそう言ってくれると思ったぜ！」

「…………」

握手を求めると、アフロディーテは露骨に嫌そうな顔をしながらも応じてくれた。

世の中には捨てる神もあれば、拾う神もあるということなのだろう。

こうして俺と女神さまによる『異世界ハーレム計画』はスタートするのであった。


〜〜〜〜〜〜〜〜〜〜〜〜〜〜〜〜〜〜〜〜


道を辿って街を探しながらも1時間ほど草原を歩いた。

どうやらこの草原は生息している魔物がゴブリン1種類のみのようであった。

アフロディーテ曰《いわ》く。

魔物使いという職業は魔物を倒しても契約することになっても取得出来る経験値は同じらしい。

そういう訳で俺はゴブリンの乱獲に精を出すことにした。

ゴブリン　LV　1／5　等級G
生命力　10
筋力値　15
魔力値　10

精神力　5

鑑定眼のスキルを使用すると、ゴブリンたちの頭上にはそんな文字が表示されるようになっていた。

今のところ出会ったゴブリンのレベルは全《すべ》て1である。

実際に検証をしたわけではないので確かなことは言えないのだが、右側に書いてある数字はその魔物の最大レベルを示すものだろう。

暫くゴブリンにカプセルボールを当てる作業に没頭した後にステータス画面を確認。

カゼハヤ・ソータ

職業　魔物使い

レベル 557

生命力　252
筋力値　95
魔力値　200
精神力　2898

加　護

絶対支配

スキル

カプセルボール
鑑定眼

使　役

アフロディーテ
ゴブリン ×18

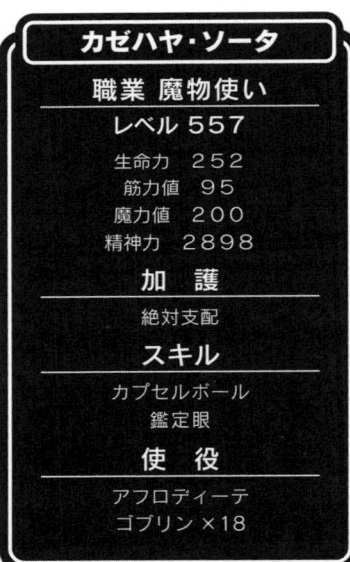

最初にレベルが上がり過ぎてしまったからだろう。

18匹のゴブリンを捕まえたのにレベルの上昇は見られなかった。

捕まえたばかりのゴブリンたちは、消しゴムサイズになってカプセルボールの中を歩き回っていた。

カプセルボールのスキルを検証して分かったのだが、どうやら現時点で俺が召喚することの出来るカプセルボールは1個だけらしい。


「「「ゴブー！　ゴブー！」」」


召喚出来るボールの数は一つだけであるが、使役できる魔物の数はもっと多い。

そういう訳で今現在——。

カプセルボールの中には18匹のゴブリンたちが歩き回っていた。

カプセルボールの中は小型化したモンスターにとっては広大な敷地面積を誇っている。

これなら1000匹くらいは余裕で魔物を入れることが出来そうである。

「ちょっといいか？　ステータスを確認して思ったことがあるのだが」

「……なにかしら？」

「魔物使いが使役出来る魔物の数って制限みたいなのはないのかな？　このまま契約を続けて

いけば、明日までには100匹以上のゴブリンを使役するペースになるんだけど」

「もちろん制限は存在するわ。たしか基本は1匹で、その後レベルが10上がるごとに1匹ずつ増えていくはずよ」

「……なるほど」

つまりは現時点で俺が使役出来る魔物の数は56匹ということか。

あれ。

もしかしてこれって……現時点でも俺のスペックは既にチート級なんじゃないだろうか？

「それよりソータ。さっきから気になっていたんだけど、捕まえたゴブリンを召喚しないの？　それだけの数の仲間がいれば戦闘が楽になると思うんだけど」

「うーん。今のところ別に戦闘で苦労しているわけではないからな」

魔物使いという職業は全体的にステータスが低く設定されているらしいのだが――。

そうはいっても俺のレベルは、この草原ではオーバースペックだった。

今にして思えば、1匹目に戦ったゴブリンを蹴りで一撃で仕留められたのもステータス上昇の恩恵を受けていたからなのだろう。

「一つ心配なことがあるんだけどさ。このゴブリンたちってキチンと俺の言うことを聞いてくれるのか？　随分と強引《ごういん》に使役しちまったんだけど」

「ああ。それなら全《まった》く心配はいらないわ。魔物使いは契約した魔物に対して自由に命令することが出来るのよ」

「……なるほど。そんな効果があったのか」

まるでそれが他人事《ひとごと》のようにケロリとした表情でアフロディーテは告げる。

しかし、こいつには警戒心というものがないのだろうか？

その話が本当なら俺は、この女神さまに対してエロいことやりたい放題出来るわけだが……。

いい機会だし少し驚かせてやろう。

「んじゃあ、ものは試《ため》しに。ディー。【その場でクルッと回ってみようか】」

「……はい？　貴方、アタシのことをバカにしているの？　愛と美の女神であるアフロディーテ様がそんな命令に従《したが》うはずが……あれえええぇぇぇ⁉」

言葉を紡《つむ》いでいる途中に突如《とつじょ》としてディーはクルクルと回り始める。

アフロディーテの着ている衣装は気品に溢《あふ》れるデザインをしているが、そのスカートの部分は意外と短い。

「きゃうっ⁉」

回転をしたことによってアフロディーテのスカートはフワリと風を孕《はら》んで、桃色の下着を露《あら》わにする。

まさか自分が命令権を行使されるとは夢にも思わなかったのだろう。

アフロディーテは涙目になっていた。

「うっ。ううぅぅ。ソータのバカッ！　何をするのよ⁉」

「いや。悪かったって。本当に命令できるのか試してみたくなっちまってさ。変な命令をしているわけではないし。そんなに怒ることないだろ？」

「たしかに。今回限りなら許してあげないこともないのだけど……」

「今回限りなら？」


「もしかして貴方……あわよくば神であるアタシにエ、エッチな命令をする気ではないでしょうね？」


アフロディーテは耳まで顔を赤くして狼狽《ろうばい》していた。

ほうほう。

女神さまといってもそっち方面の知識はあるんだな。

「いいこと？　たしかにアタシはソータのハーレム作りに協力すると言ったわ！　でもでも、アタシ自身がそのメンバーに入るとは言ってないんだからねっ！」

「……フラグかな？」

「んなはずないでしょ！　馬鹿《ばか》ソータッ！」

思い切り殴られました。

あ～。たしかにアフロディーテは絶世の美少女だよ？

そこは疑いようのない事実である。

けれど、こいつをハーレムメンバーに加えるのは何かが違う気がする。

俺の中では恋人というよりも、友人のような感覚なんだよな。

という訳で今回は少し調子に乗り過ぎた。反省しよう。

ゴブリン

図鑑NO　301

種族　鬼族
等級　G

レベル 1

生命力　10
筋力値　15
魔力値　10
精神力　5

スキル

なし

鬼族の基本種族となるモンスター。個々の戦闘能力は低いが、高い知能を持っている。育て方次第で、多様な進化の可能性を秘めている。

第2話
囚われの吸血鬼メイド

それから。

どれくらい一人で歩いただろうか？

アフロディーテの奴《やつ》は暫《しばら》く前にカプセルボールの中に入ってから姿を見せていない。

「いいこと。ソータ。これからアタシは、基本的にボールの中で過ごすことにするわ。何か用があったら呼び出しなさい！」

それというのもアフロディーテの奴がこんなことを言い出したからである。

以前までカプセルボールに入ることを嫌がっていたはずなのに一体どうして？

と思うかもしれないが、そこには色々と複雑な事情が存在していた。

どうやらカプセルボールには、失ってしまった彼女のステータスを取り戻す効果があるのだとか。

いや。

俺《おれ》だって半信半疑ではあるんだぞ？

なんでも聞くところによればカプセルボールには、全《すべ》ての状態異常を回復させる強力なヒーリング効果があるらしい。

そういう訳で中に入っていることで、彼女のステータスを下げる『呪《のろ》い』を弱めることが可能という訳である。

加えて中に入っている間は腹も減らないし、喉《のど》も乾かない、あらゆるストレスが蓄積《ちくせき》されないという地球の常識では測り知れないような環境が揃《そろ》っている。

今気付いたんだけど、外側からだと俺が見たい風景をピックアップして見せてくれるみたいだな。

カプセルボールの中を覗《のぞ》いてみると、アフロディーテはゴブリンたちに囲まれながらも気持ち良さそうな表情で呑気《のんき》に寝息を立てていた。

ご丁寧に愛用の枕《まくら》&草原の枯草をボールの中に持ち込んでいて、ベッドまで作っていやがる。

自由に出入り出来ないことを除けば、カプセルボールの中はなかなか快適な環境であるらしい。

「おい。街に着いたみたいだぞ」

街に着いたら起こすという約束をしていたので、アフロディーテのことをボールの中から出してやる。

「んん~。あと5分だけ……」

「お前が起こしてくれって言ったんだろ。寝惚けている場合じゃないぞ!」

ちなみにアフロディーテが寝ている間に、俺は手持ちのゴブリンを37匹にまで数を増やすことに成功した。

こんなにゴブリンばかり捕まえて大丈夫なのかという不安もあるが、少なくとも目の前にいる女神さまよりも頼りがいがある気がする。

【交易都市　セイントベル】

街の看板にはそんな言葉が書かれていた。

アフロディーテ曰《いわ》く。

地球から召喚された人間には、もれなく異世界の言語に関する知識が付与されることになっているらしい。

すんなりと俺が看板の文字を読めたのには、そんな理由が存在していた。

ロックタートル　LV8／10（使役中）　等級F
生命力　55
筋力値　128

魔力値　７
精神力　５

そこで俺が注目したのは大きな亀に引かれて走る車であった。

「なぁ。ディー、聞いてもいいか？　あの乗り物はなんなんだ？　街のあちこちを走っているみたいだけど」

街の中には、ロックタートルの他《ほか》にもゴブリン・オークなどの様々な魔物が存在していた。

その頭上には（使役中）という文字が表示されている。

どうやらこの世界では、魔物を労働力として扱うことは一般化されているらしい。

「……さあ？」

「さあ？　って……」

「いいこと。女神だからってアタシがなんでも知っていると思ったら大間違いだわ！　この世界にモンスターが何百種類いると思っているの？　アタシだって実際に地上に降りた経験があるわけじゃないし、モンスターの名前を１匹１匹覚えてなんていないわよ！」

「それは分かったけど……」

どうしてそこで得意顔になるんだよ？
今更ながらに気付いたけど、この女神さまって地上では全くの無能だったりするのだろうか？
疑問に思った俺は、そこで改めてアフロディーテのステータスを確認する。

アフロディーテ

図鑑NO　？？？

種族　神族
等級　？？？

レベル　3620

生命力　29778
筋力値　4
魔力値　18
精神力　13

スキル

UNKNOWN

「なあ。お前のスキル欄にアンノウンって書いてあるみたいだけど。これはどういう意味なんだ？」

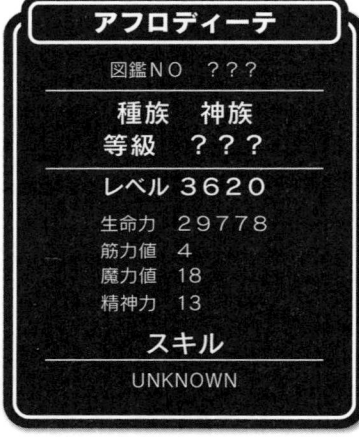

「ああ。アタシのスキルが他人から見ることが出来ないのは《スキル秘匿《ひとく》》の効果によるものね。そういう効果を持ったスキルも存在するのよ」

「おおー。やっぱり神族というだけあって凄《すご》いスキルを持っているんだな！」

弱体化したとはいっても、流石《さすが》は女神といったところだろうか。

僅《わず》かではあるが、この世界で生活してみて分かったことがある。

このアーテルハイドでは、何よりもまずスキルがものを言う仕組みになっている。

神族であるアフロディーテの強力なスキルの力を借りることが出来れば、異世界での生活がグッと楽になるに違いない。

「ま、まぁねー。アハハ。アハハ」

「おい。どうしてそこで目を逸《そ》らす」

「えーっと。実を言うと……アタシの持っているスキルの大部分は地上に降りたときに神族がかかってしまう『呪い』の効果で封印されてしまったのよ。

だからソータが期待しているような効果のものはないと思うわ」

「……そうか。まあ、そんなことだろうと思ったよ」

アフロディーテは異世界に地球人を送る目的について『魔王を討伐《とうばつ》してもらうため』と言っていた。

神族が異世界で力をフルに発揮できたら、それくらいのことは自分でやることが出来るのだろう。

「ところでソータ。アタシから一つ質問があるんだけど」

「おう。何だよ」

「たしかにアタシのスキルは地上では使えないものばかりなわけだけど……。だからといってアタシのことを見捨てないわよね？」

涙を滲《にじ》ませながらも不安気な眼差《まなざ》しのアフロディーテ。

俺が無言でいるとアフロディーテは、あからさまに動揺していた。

「言っておくけどアレよ！　言い忘れていたけど、女神であるアタシに酷《ひど》いことをするとロクな死に方しないからね!?

ソータが地獄に行くように全力で呪ってやるんだからっ！　他人を呪うことに関してはアフロディーテちゃんは天界一！　と、もっぱらの評判だったんだからね！」

「分かったよ。見捨てないから！　見捨てないから、そんなに引っ付くな！」

まったくもって……この女神さまは頼りにならない奴である。

俺は不甲斐《ふがい》ない女神さまのことを養ってやれるだけの甲斐性《かいしょう》を身に付けるべく——。

異世界で仕事を探すことを決意するのであった。

～～～～～～～～～～～～～～

ゲームの世界で培《つちか》った知識によると――。

異世界で仕事を探すならば目指す場所は一つしかない！

冒険者ギルドである。

魔王を倒して地球に戻ることを目標にするにしても、まずは資金を蓄えて戦力を強化していくことが先決だろう。

街にいた親切なオバサンから聞いた話によると、幸いなことにアーテルハイドにも『冒険者ギルド』という施設は存在しているらしい。

冒険者ギルドは周囲にある石造りの建造物の中でも一際《ひときわ》大きなものであった。

中にいる人間たちは一様にして剣や斧《おの》などで武装をしており、いかにも冒険者然とした風貌《ふうぼう》をしていた。

アフロディーテは何故《なぜ》か俺の制服の袖《そで》を引っ張り、ピッタリと後ろに張り付いていた。

「おい。どうしたんだよ？」

「だ、だって……アタシたち凄く見られているって！　見られているって！」

「……仕方ないだろ。こんな格好をしていれば誰《だれ》だって注目するって」

なんといっても俺は通っていた高校の制服をそのまま着ているからな。

同じようにしてアフロディーテは、天界にいた頃《ころ》と同じヒラヒラの衣装を身に付けているし。


「おいおい。なんだよ。あのエロい格好をしたねーちゃんは……」

「見ているだけで興奮しちまうような上玉だな」


いや、違うか。

ここにいる人たちは俺たちの格好というより、純粋にアフロディーテの美しさに見惚《みと》れているんだ。

まあ、それを言ったところで、アフロディーテを調子に乗らせるだけなので黙っておくことにしよう。


「こんにちは。冒険者の方でしょうか？」

カウンターに付くと受付嬢のお姉さんが対応してくれた。

クロエ・グライス
種族：ケットシー
年齢：18

鑑定スキルによると彼女の名前はクロエというらしい。
小柄な体軀《たいく》とセミロングの黒髪を持ったお淑《しと》やかな雰囲気の少女であった。
そして……極め付けにクロエちゃんは頭の上から猫耳を生やしていた。
むはぁ！
これが夢にまで見た異世界の美少女というやつか！
クロエちゃん可愛《かわ》え。
ゲット！　今すぐにお持ち帰りしたいっ！

「……ソータ。何を考えているのよ」

背後から殺気の籠《こも》った声が聞こえたかと思うと俺の体に激烈な痛みが走った。
振り返ると、フグのように頰《ほお》を膨らませたアフロディーテが俺のことを睨《にら》んでいた。

なんという迂闊《うかつ》さ！

どうやら俺の下心はバッチリとアフロディーテに見透かされていたらしい。

「あ、あの。本日はどのようなご用件でしょうか？」

「えーっと。仕事を探しているのですけど。俺にも出来る仕事って何かありますか？」

「了解しました。当ギルドのご利用は初めてでしょうか？」

「はい。実はこの街に来たのはつい先日でして」

「お客様のご相談に乗ります。当施設の利用には冒険者カードの発行が必須になっております。登録の作業を行いますのでこちらの紙にお名前を記載して頂けませんか？　文字の読み書きが出来ない場合は、代理を立てることも可能ですが」

「いえ。結構です」

受付嬢のお姉さんが差し出した紙に自分の名前を記入する。

異世界の文字だというのに不思議とスラスラ書くことが出来た。

「ええと。カゼハヤ・ソータ様ですね。ギルドカードの発行を行いました。こちらを紛失した場合には再発行に手数料がかかりますので、大切に保管をしてください」

「ありがとうございます」

カゼハヤ・ソータ

冒険者ランク　G

クロエちゃんから貰《もら》ったカードにはそんな文字が書かれていた。

「ギルドのご利用は初めてということで簡単にこの施設の説明をさせて頂きます。

冒険者ギルドとは……簡単に説明致しますと、国や個人が依頼したクエストを冒険者の方々に斡旋《あっせん》する施設となっております。

クエストの内容は魔物の討伐《とうばつ》から、行方《ゆくえ》不明の飼い猫の探索まで様々です。実績を積んで冒険者ランクを上げて頂きますと、受けることの出来る依頼の幅を広げることが出来ます」

「なるほど。ちなみに冒険者ランクというのは、どうすれば上げることが出来るのでしょうか？」

「はい。当ギルドが『適性アリ』と判断した方のみ昇級することが可能となっています」

「……おお。随分とザックリとした条件なんですね」

キュートな笑顔でスゲー黒いことを言ってくるのな。

要するに有能な人材が目覚《めざ》ましい実績を上げても、上の人間に認められなければ永遠に出世出来ないというわけか。

「ソータ様は本日からさっそく依頼を受けることが可能になっています。あちらのギルドボードに貼《は》られた紙から受けられそうなクエストを探して受付に持ってきてください」

俺はクロエちゃんに指定された掲示板の前に立つと、手頃なクエストを探すことにした。

☆討伐系クエスト

●ウルフの討伐
必要R　：G
成功条件：ウルフを5匹討伐すること
成功報酬：５０００コル
繰り返し：可

●ゴブリンの討伐
必要R　：G
成功条件：ゴブリンを10匹討伐すること
成功報酬：５０００コル
繰り返し：可

☆探索系クエスト

●医薬草の採取

必要Ｒ　：Ｇ
成功条件：医薬草を10個持ち帰ること
成功報酬：８０００コル
繰り返し：可

現在の冒険者ランクで受けられそうなクエストはこの3種類だろうか？

他にも受注可能なクエストはあったが、成功報酬が低過ぎたり、条件が不明瞭だったりするものは候補から除外している。

「あの……討伐系クエストなのですけど、魔物を倒したことってどうやって証明すればいいのですか？」

「詳細はクエスト受注後にお渡しする小冊子にも載せているのですが、基本的には倒した魔物の部位を剝《は》ぎ取って持ち帰る必要がありますね。

例えばウルフの場合は、《ウルフの牙《きば》》と呼ばれるアイテムをこちらへ納品する必要があります」

「……分かりました」

今のところ出会った魔物は、倒したりせずにカプセルボールを使ってどんどん仲間にしていきたい。

となると今回は探索系クエストを中心にしてこなしていくべきだろうか？

「これらのクエストは全て無期限になっています。ソータ様さえよろしければ同時に全てを受注することが可能ですが、如何《いかが》なさいますか？」

「なら一括して全て受注させてください」

「承知致しました。それとこちらは初めてギルドに登録した方に差し上げることになっている《初心者支援セット》になります。よろしければ自由にお使いください」

「ありがとうございます」

俺は、冒険者にとっての必需品のアイテムが詰まっているらしい《初心者支援セット》を受け取った。

受付嬢のクロエちゃん曰く。

このアイテムは、国からの補助金によって用意されたものであるらしい。

魔物を討伐する冒険者を育てることは国の治安を守るために重要な責務なので、政策の一環として《初心者支援セット》を配布しているのだとか。

受け取ることが出来るのは初回登録のとき限定なのだが、俺のような根無し草にとっては嬉《うれ》しい限りである。

予想外の収穫を得た俺は足取りを軽くして、冒険者ギルドを後にするのであった。

~~~~~~~~~~~~~~

クエストを行うためにやってきたのは、《カスールの森》というエリアであった。

なんでもこの地域には、回復アイテムを作成するために欠かせない素材である《医薬草》が群生しているらしい。

「ねえ。ソータ！　何処《どこ》まで歩くのよ？　カスールの森にはとっくに到着しているじゃない！」

「ダメだな。もっと奥に行かないと」

「……どうしてよ？」

「魔物を使って作業をしているところで他の冒険者に出会っちまったらヤバイだろ？　絶対に余計なトラブルに巻き込まれるぞ」

今のところ敵のゴブリンと味方のゴブリンを見分ける方法は、『鑑定眼』のスキルを使用する以外に存在しない。

~~~~~~~~~~~~~~

けれども。

この鑑定眼のスキルは、アフロディーテを使役したときに大量の経験値を取得した俺だからこそ取得出来たものである。

せっかくゴブリンを召喚しても、俺以外の冒険者に討伐されてしまうと残念な結果になってしまうだろう。

「うぅ～。いい加減に歩き疲れたわ。アタシは休みたいからボールに戻っているからね？」

アフロディーテはそう告げると、勝手にカプセルボールの中に戻っていく。

以前に検証した際に判明したのだが、魔物使いと使役したモンスターは、近くに主人がいる場合は勝手にボールの中に入ることが可能であるらしい。

「よし。この辺りでいいか」

俺は周囲に人気《ひとけ》がない森の深部にまで移動をすると、心の中で『召喚』と念じてゴブリンを召喚することにした。

ゴブリン　LV1　（使役中）

えーっと。なになに……。

ゴブリンの討伐証明部位は何処だっけ……。

ゴブリンの腰布　等級G
（ゴブリンが身に付けているボロ布。臭《にお》いがキツい）

ギルドから受け取った小冊子によると、ゴブリンの討伐証明部位は腰に巻き付けている上記の品であるらしい。

臭いがキツいって……。

その情報はあまり知りたくなかったな。

どちらにせよ仲間にしたゴブリンのパンツを剝ぎ取るのは忍びない。

やはり今回は《医薬草》の採取のクエストを中心に進めた方がよさそうだ。

よっしゃ。

そうと決まれば前と同じ要領で、ゴブリンを召喚していこうか。


「「「ゴブー！　ゴブー！」」」

すかさず俺は総勢37匹のゴブリンを同時に召喚する。

これが現時点における俺の全戦力。

正確にいえばもう1人、カプセルボールの中で呑気に寝ているグータラ女神がいるのだが、奴のことは忘れよう。

小型のモンスターとはいっても、これだけの数が集まるとなかなか迫力があるな。

30匹を超えるゴブリンを従《したが》えている俺は、傍《はた》から見ると不審者に違いない。

「よし。ゴブリンたち！　聞いてくれ」

俺は周囲のゴブリンたちに聞こえるように声を張る。

「今からこの本の中に描かれているアイテム《医薬草》を集めようと思う。見つけ次第、そこの木の根元に集めてくれ！　もし俺以外の人間に出会ったら戦わないですぐに逃げ帰ってくるように」

「「「ゴブー！　ゴブー！」」」

俺の言葉を聞いたゴブリンたちは声を揃えて腕を突き上げた後。

蜘蛛《くも》の子を散らすようにして森の奥にと消えていく。

……こいつら本当に人間の言葉を理解しているのだろうか？

色々と不安なことはあるが、俺一人で薬草を集めたところで収穫は高《たか》が知れている。

今回のクエストを成功させるにはゴブリンたちの力が必要不可欠だろう。

目指すは人海戦術で一攫千金《いっかくせんきん》！

ゴブリンたちが無事に戻ってくれることを祈りながらも俺は、彼らの背中を見送るのであった。


～～～～～～～～～～～～～～～～～～


ゴブリンたちを医薬草の採取に向かわせてから2時間くらいは経《た》っただろうか。

よしよし。

これは結構な収穫になったんじゃないか？

俺の指定した木の根元には、既に大量の医薬草が集まり、山積みになっていた。

医薬草　等級F
（回復アイテムを生成するための基本素材）

「さて。そろそろ切り上げて村に帰るとするか」

木の根元には既に50個以上の医薬草が集まっている。

これ以上は欲張ったところで、冒険者ギルドに持ち運ぶことが出来そうにないし無意味だろう。

ゴブリンたちに倣《なら》って俺も医薬草を探しているのだが、未《いま》だに一つも発見に至っていない。

やはりこういうのは野生の勘がものを言うのだろうか？

地球では家に引きこもってネットゲームばかりやっていた俺には、医薬草の採取は難易度が高かったようである。

あ、でも全く収穫がないわけではないんだぞ？

森の中を彷徨《さまよ》い歩いているうちに俺は、新たに15匹のゴブリンを捕まえることに成功した。

これで現時点で契約しているゴブリンは52匹。

集団で行動することの多いゴブリンは、俺にとっては乱獲のしやすい魔物であった。

このペースで契約を続けると明日には、上限一杯のゴブリン軍団を結成することが出来そうである。

けれども。

気がかりなことがある。

先程からゴブリンたちの帰還を待っているのだが、未だに10匹ほど帰っていない個体があった。

「……お。ようやく帰ってきたか」

草の茂みがゴソゴソと動いたのでホッと胸を撫《な》で下ろす。

だがしかし。

驚いたことに草陰から飛び出してきたのは、ゴブリンではなく別の魔物であった。

ウルフ　LV3／5　等級G

生命力　18

筋力値　23

魔力値　6

精神力　7

スキル

なし

その魔物は黒色の毛皮を持った狼《おおかみ》のような姿をしていた。

レベルは3。

俺が契約しているゴブリンよりも少しだけ高い。

彼らの牙はまだ新しい血の赤で染まっていた。

その瞬間。

俺は直感的にゴブリンたちが失踪した原因を理解する。


「こいつらが……俺のゴブリンを……!?」


いつまで経っても帰ってこなかったのは、目の前にいるウルフという魔物にゴブリンたちが倒されてしまったからなのだろう。

許せん。

成敗してくれる!


「グルルル」

敵数は5匹。

俺の周囲を取り囲むようにして唸《うな》り声を上げている。

ふふふ。

この程度で勝ったつもりか犬っころめ。

数の上ではまだまだこちらが圧倒的に優位！


「いけ！　ゴブリン！」


すかさず俺はゴブリンたちに戦いの指示を飛ばす。

30匹を超えるゴブリンたちはウルフたち目がけて襲いかかる。

流石にこれほどまでの数の暴力を受けるとは思っていなかったのだろう。

ゴブリン軍団に囲まれたウルフたちは心なしか怯《おび》えている様子であった。

それから。

勝負の決着は1分と経たない内につくことになった。

どうやら元々ゴブリンとウルフの間には個々の戦闘能力に大きな差はなかったらしい。

身体能力ではウルフが勝るが、知能ではゴブリンが勝っており総合的な能力では互角といったところだろう。

こちらは数で勝《まさ》っている上に、一撃必殺のスキル《カプセルボール》がある。

先程までキャンキャンと吠えていた5匹のウルフたちは、カプセルボールの中に入る結果となった。

う～ん。

首尾《しゅび》よく医薬草を集めたまではよかったのだが、今回の冒険で今後の課題が見えてきたな。

特に優先したいのは魔物の強化である。

このままゴブリンを医薬草の採取に向かわせることになると、ウルフの餌食《えじき》になってしまうことは請《う》け合いである。

この辺りの対策はなるべく早い段階で行っておくべきだろう。


～～～～～～～～～～～～


一方、ソータがゴブリンたちを使って医薬草の採取をしているのと同時刻。

カスールの森を駆ける魔族がいた。

彼女の名前はキャロライナ・バートン。

男なら誰もが振り返るような妖艶《ようえん》な色気を持った、銀髪紅眼《ぎんぱつこうがん》の美少女であった。

魔族。

それは今から300年前、アーテルハイドの覇権《はけん》を握り、人類を支配下に置いていた種族の総称である。

強大な力を持った魔族は、時に神族すらを打ち倒すとも言われており——。

両者は長きにわたり対立関係にあった。


「クソッ！　待てや！　この化物がっ！」


今現在。

キャロライナは武器を持った複数の屈強な男たちに追われていた。

ソータたちが訪れたセイントベルは、全国から集めた様々な特産品の売買で潤《うるお》っている街である。

しかし、その一方で奴隷の売買が盛んに行われている側面があった。

今から300年前——。

キャロライナたち魔族がこの世界を支配していた頃、彼女は魔王《イブリーズ》の元でメイドとして勤めていた。

メイドたちの中でも優秀な能力を持ったキャロライナは、イブリーズからも重宝されており平穏な日々を過ごしていた。

ところが——。

勇者によって魔王が倒されて、人類が繁栄するようになってから状況は一転。

人間たちに住処《すみか》を追いやられたキャロライナは、数々の屈辱を受けることになる。

魔族たちは人間と比較して、美しい容姿を持っている者が多かった。

それ故、キャロライナのような女魔族は人間の貴族たちに身柄を買われて、更なる辱めを受けるケースが常態化している。

キャロライナも奴隷商人に目をつけられた一人であった。

更に悪いことに彼女の身柄を買ったのは、セイントベルでも悪名高い大商人であるバクラジャ・アッカーマンという男である。

彼の悪行はキャロライナの住んでいた街にも届いていた。

曰《いわ》く。

彼は奴隷をなぶることでしか性的な快楽を見出せない鬼畜《きちく》である、と。

曰く。

彼の所業によって命を落とした奴隷は数知れない、と。

屋敷の中に連れられて、《主従契約》を結んでしまえば命の保証はない。

セイントベルに移動している最中に、亀車に繋《つな》がれたロックタートルが暴れ始めたのはキャロライナにとって不幸中の幸いと言えた。

普段は温厚な気性で知られており、滅多なことでは人間を襲うことのないロックタートルという魔物であるが、尖《とが》った岩などを踏んで制御不能の状態に陥《おちい》ることが稀にあった。

キャロライナはロックタートルが暴れている隙《すき》を突いて、亀車から森の中に逃げ出すことに成功したのであった。

「やばいぞっ！　このままでは俺たちがバクラジャ様に殺される。あの女……薬が回っているんじゃなかったのか⁉」

男たちは焦《あせ》っていた。

吸血鬼は他種族と比較して高い身体能力を持っていることで知られている。

万が一の事態に備えて、男たちはキャロライナに対象のステータスを下げる『衰弱《すいじゃく》の薬』というアイテムを与えていた。

本来ならば衰弱状態の生物は、まともに歩くことすらままならないはずである。

それでも尚。

男たちの差が一向に縮まらないのは、３００年にわたり、鍛え上げてきたキャロライナの地力の高さによるものであった。

「チッ。貴重な商品に傷が付いたらバクラジャ様に何を言われるかは分からないが……このまま逃がすよりはマシだ！　野郎ども……矢を放て！」

単純に追いかけても絶対に捕まえることが出来ないと悟った男たちは、キャロライナに向けて次々に矢を放っていく。

「……ッ」

男の放った矢の1本がキャロライナの背中に刺さる。

これだけなら致命傷とまではいえない状態であったのだが、次の瞬間に悲劇は起きた。

体に矢を受けてバランスを崩したキャロライナは森の斜面を転がり落ちる。

その先に断崖絶壁の崖が続いているとも知らずに――。

（助けてください……魔王さま……）

途絶えゆく意識の中でキャロライナの脳裏に過《よぎ》ったのは、３００年前に命を落としたはずの——。

自らの主の姿であった。

この祈りが通じたのかどうかは定かではないのだが——。

魔族の少女、キャロライナ・バートンがソータと出会うのはその翌日の話になる。

ウルフ

図鑑NO　401

種族　魔獣族
等級　G

レベル1

生命力　15
筋力値　20
魔力値　5
精神力　5

スキル

なし

魔獣族の基本種族となるモンスター。俊敏な動きと、高威力の牙による攻撃が持ち味。育て方次第で、多様な進化の可能性を秘めている。

第3話
魔物配合

カスールの森で手に入れた医薬草を換金するために、冒険者ギルドに戻ることにした。

「も～！　どうして神であるアタシが、荷物持ちなんてしないといけないのよ！」

「まぁ、そう言うな。これも魔王討伐《とうばつ》に必要な作業なんだからさ」

ゴブリンたちを使ったことによって医薬草は想定外の収穫を上げていた。

ところが――。

あまりに大量の医薬草をゲットしてしまったものだから、俺《おれ》一人ではギルドまで運ぶことが不可能な事態に陥《おちい》ってしまったというわけである。

ゴブリンたちに荷物運びを手伝わせることも出来るが、あまりゾロゾロと引き連れて街を歩くと悪目立ちをしてしまう。

そんなのっぴきならない事情もあって、俺はアフロディーテに荷物持ちを手伝ってもらっていた。

ステータスが下がっていて戦闘ではロクに役に立たないのである。

こういうときくらいは働いてもらってもバチは当たらないだろう。

カゼハヤ・ソータ

職業 魔物使い

レベル 557

生命力　252
筋力値　95
魔力値　200
精神力　2898

加　護

絶対支配

スキル

カプセルボール
鑑定眼
魔物配合

使　役

アフロディーテ
ゴブリン×42
ウルフ×5

俺は2匹のゴブリンとアフロディーテに医薬草の運搬を手伝ってもらいながら、ステータスを確認する。

レベルは上がっていなかったが、いつの間にか新たなるスキルが追加されていた。

魔物配合　等級B　アクティブ
（魔物の配合を行うスキル）

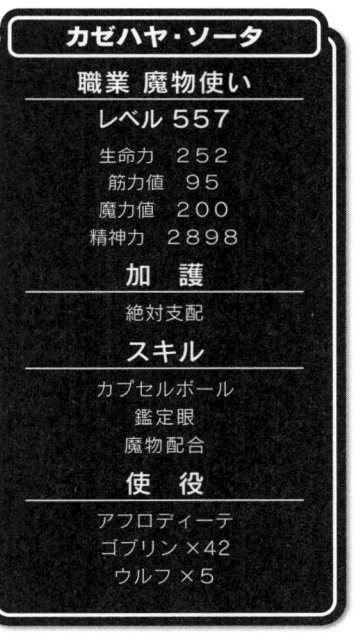

取得条件

●精神力　１０００以上

●魔物契約回数　50回以上

ほうほう。

魔物の契約数によってもスキルを取得したりすることがあるんだな。

魔物配合？

ゲームみたいに魔物を合体して新しい魔物を作るスキルだろうか？

取得条件が精神値１０００以上……か。

神族であるアフロディーテとの契約に成功した俺だからこそ得られたステータスであって、

正攻法では到底届くことの出来ない数値のような気がするな。

新しいスキルについては今夜あたりにでも試《ため》してみるか。

よしっ。

色々と収穫もあったことだし、冒険者ギルドに戻ることにしよう。

〜〜〜〜〜〜〜〜〜〜〜〜〜〜〜〜

「こちらがクエスト報酬である３６０００コルになります」

「……どうも。ありがとうございます」

「それにしても凄《すご》いですね！　たったの半日でこれだけの医薬草を集めることが出来るなんて。駆け出しの冒険者の場合、一日中森の中を探して一つ見つけることが出来れば上出来と言われているのですよ？」

受付嬢のクロエちゃんはクリクリとした大きな目を見開いて驚いてくれた。

「ははは。大したことはありませんよ」

集めてくれたのは俺ではなくてゴブリンさんたちだしな。

とはいえ、美少女から褒《ほ》められるのは悪い気がしない。

本日の稼《かせ》ぎは３６０００コル。

露店《ろてん》の値札を観察した限りでは、この世界における1コルは日本でいう1円を少し超えるくらいの額に想定するらしい。

つまり俺は今日の午後だけで、４００００円近くの金額を荒稼ぎしてしまったというわけである。

大量のゴブリンたちをフル稼働した医薬草採取作戦は、結果として大成功を収めたと言えよう。

それから。

暫《しばら》く街を歩いた俺は手頃《てごろ》な宿屋を見つけることに成功する。

値段は一泊二食付きで４０００コル。

フワフワのベッドにシャワールーム付き……というわけにはいかなかったが、他《ほか》の宿屋と比較をするとリーズナブルな価格であることは間違いないだろう。

何よりも個室に泊まることが出来るのが大きい。

他の冒険者と相部屋にされるのは、可能な限り避けたかったのでこの宿屋には非常に満足している。


「ゴブッ！　ゴブッ！」


今現在。

俺は宿屋の女将《おかみ》さんから買い取った食事と水をゴブリン＆ウルフたちに与えている最中であった。

「ちょっと。ソータ。なんなのよ。このボロっちい部屋は……他にもっとマシな宿屋はなかったわけ？」

ハムスターのように黒パンを齧《かじ》りながら、アフロディーテが不満を漏《も》らす。

「仕方がないだろ。金銭的な余裕がないんだから」

とはいえアフロディーテの気持ちは分からないでもない。

俺が借りたこの部屋は現代日本でいうところの六畳間くらいの広さであった。

アフロディーテをカプセルボールの中から召喚すると、それだけでギュウギュウになってしまう。

「まあ、どちらにせよ、アタシはカプセルボールの中で寝ることになるから関係ないんだけどね！」

自由にボールの中に出入りすることが出来るアフロディーテが羨《うらや》ましい。

まあ、俺としてもアフロディーテがボールの中で寝泊まりしてくれるのは何かと都合がいいんだけどな。

余計な気を遣わないで済むし……。

何よりカプセルボールの中で寝泊まりさせれば、一人分の宿代が浮く。

〜〜〜〜〜〜〜〜〜〜〜〜

さてさて。
寝床の確保に成功したところで、気になっていた《魔物配合》のスキルの検証作業を行うことにしますか。

システムメッセージ
（ベースとなる魔物を選んで下さい）

→　アフロディーテ
ゴブリン
ウルフ

俺が《魔物配合》という言葉を念じた次の瞬間。
ウインドウ画面にそんな文字が表示された。
おいおい。

アフロディーテまで魔物配合スキルの対象に含まれているのかよ……。

……アフロディーテとゴブリンを配合すると、もの凄くブサイクな女神さまが誕生したりするのだろうか？

うぐぐっ。

試してみたい……試してみたいが……。

ここは大人になって我慢することにしよう。

システムメッセージを読んだ俺は、選択肢を誤らないように細心の注意を払いながらゴブリンの名前を選択することにした。

システムメッセージ
（素材となる魔物を選んで下さい）

→　ゴブリン
　　ウルフ
　　アフロディーテ

お次は素材を選ぶ必要があるらしい。
ベースにはゴブリンを選択していたので、素材となる魔物にはウルフを選択してみる。

システムメッセージ
（その組み合わせは進化先が存在しません）

ありゃりゃ。
どうやらゴブリンとウルフは、配合することが出来ないらしい。
残念ながら、素材となる魔物から選び直しのようである。
となると残された選択肢は一つしかない。
ゴブリン＋ゴブリンという組み合わせならどうだろう？

システムメッセージ
（下記の魔物に進化が可能です。
合成しますか？）

→　はい
　　いいえ

ゴブリンエリート

図鑑NO　302

種族　鬼族
等級　F

レベル１

生命力　３０
筋力値　３５
魔力値　２０
精神力　１０

スキル

なし

進化条件

ゴブリン
×
ゴブリン

鬼族の下位種族となるモンスター。ゴブリンと比較をすると一回り体が大きくなっている。育て方次第で、多様な進化の可能性を秘めている。


おお！

どうやらゴブリンとゴブリンを配合すると、ゴブリンエリートに進化が可能なようである。

通常のゴブリンと比較すると、ステータスが全体的に大幅に向上している。

どうする？

ここは進化させるべきなのか？

暫く考えた後、俺はゴブリンを進化させることを決意した。

今回の冒険では、ゴブリンが他の魔物に倒されてしまうことがあった。

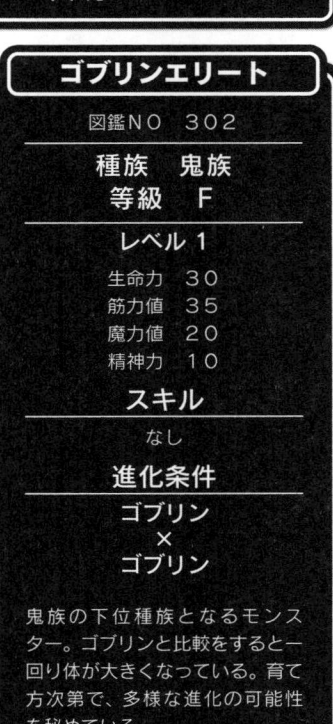

俺としては配下となる魔物の強化は、可能な限り早い段階でクリアしておきたかった課題の一つなのだ。

最大で56匹までしか使役することが出来ない枠の問題もある。

今後のことを考えると配合を繰り返して枠を広げていくのが、賢い選択というものだろう。

それから20分後。

総勢42匹のゴブリンは10匹のゴブリンナイトと1匹のゴブリンエリートに生まれ変わることになる。

ゴブリンナイト

図鑑NO　303

種族　鬼族
等級　E

レベル 1

生命力　60
筋力値　85
魔力値　40
精神力　30

スキル

なし

進化条件

ゴブリンエリート
×
ゴブリンエリート

鬼族の下位種族となるモンスター。様々な種類の装備を身に付けることを可能にしている。育て方次第で、多様な進化の可能性を秘めている。

ゴブリンナイトというのは、ゴブリンエリート×ゴブリンエリートの組み合わせで生み出すことが出来るモンスターであった。

ちなみにゴブリンナイト×ゴブリンナイトというパターンも検証してみたのだが――。

この組み合わせでは、進化先の魔物を見つけることができなかった。

ゴブリンナイトの進化方法に関してはおいおい、探っていくことにしよう。

ふふふ。

明日からはよろしく頼むぜ！　俺の相棒《あいぼう》！

魔物の強化を無事に終わらせた俺は、ゴロンと床に横になり、心地の良い眠りの中に落ちていくのであった。

第4話
2人目の仲間
Isekai Monster Breede

翌朝。

宿屋のチェックアウトを済ませた俺《おれ》は、さっそく街に繰り出すことにした。

「ねえ。ソータ。何処《どこ》に行くの？　分かっていると思うけれど、カスールの森はそっちの方向じゃないわよ？」

「ああ。今日は他《ほか》に優先して行っておきたい店があってな」

俺は目的の店を探すべくセイントベルの街を彷徨《さまよ》い歩く。

【ギルド公認雑貨店　銀色の盾《たて》】

探していた店は存外、すぐに見つけることができた。

エドガー・マートン
性別　：男
年齢　：31

「いらっしゃい。ギルド公認雑貨店にようこそ」

店に入るなり俺たちのことを出迎えてくれたのは、オシャレとは無縁そうな小太《こぶと》りの中年男であった。

昨日、受付嬢のクロエちゃんから仕入れた情報によると——。

ギルド公認雑貨店とは冒険者たちにとって役立つアイテムを雑多に揃《そろ》えた、いわゆる『なんでも屋』のことらしい。

国が制定した『冒険者保護法』の恩恵を受けたこの店は、様々な免税措置が取られていて全体的にリーズナブルな価格で商品が提供されているのだとか。

「お客さん。本日はどんな品をお求めで？」

「えーっと。手頃《てごろ》な値段で買えそうな服を探していまして」

「……なるほど。たしかにソイツは早急に用意した方がよさそうだ」

俺たちの姿を眺めまわしたエドガーさんは、ものすごく納得した面持《おもも》ちになっていた。

ふふふ。

何を隠そう！

俺が優先して行いたかったこととは……服を買うことだったのだ！

「ソ、ソータ！　もしかしてその服っていうのはアタシも買っていいのかしら？」

「当然だろう？　今の服装は何かと目立ちすぎるからな」

なんせ俺は通っている高校の制服。

アフロディーテは天界で着ているのと同じヒラヒラの衣服という惨状である。

二人で街を歩いていると、まるで通勤電車の中でコスプレをしているような恥ずかしい気持ちになっちまうからな。

「や、やったわ！　実はアタシ……自分で服を買うのって初めてなのよね！」

「そうなのか？」

「ええ。天界では服を売っている店なんてなかったし。いつも決められた服しか着れない規則だったもの」

「たしかに。神さまがカジュアルな服を着ていたら色々と雰囲気がぶち壊しになりそうだな」

アフロディーテは、キラキラと目を輝かせながら店の中に置かれた衣服を眺めまわしていた。

女神とはいっても、服を前にテンションを上げる辺りは普通の女の子と変わらないんだな。

まさかここまで喜ばれるとは思いもしなかった。

「待たせたな。ウチに置いている装備品の中で、お客さんにオススメなのはこの辺りの品になるぜ」

冒険者の服　等級F
（駆け出しの冒険者が好んで着る服。肌触りが良く動きやすい）

冒険者の靴　等級F
（駆け出しの冒険者が好んで履く靴。特別な能力はないが、耐久性が高い）

暫く待ってからエドガーさんがオススメしてくれたのは、この2種類のアイテムであった。

冒険者の服が１５００コル。

冒険者の靴が１０００コル。

えーっと……ここはユニクロか何処かですか？

ギルド公認雑貨店というだけあって値段に関しては、文句のつけようのないほど安かった。

「両方とも気に入りました。男女でデザインが分かれているみたいだし……。ディーもこれでいいよな？」

さりげなく勧めてみたが、アフロディーテはいかにも不満気な表情であった。

「そんな地味な服は嫌よ！　アタシはこっちがいい！」

踊り子の妖装　等級E
（多様な装飾をほどこした女性用の衣服）

アフロディーテが手に持っていたのは、ピンクを基調としたデザインの、女性らしい衣服であった。

ラベルを見ると……値段は驚きの１８０００コル！

どうやら等級が一つ違うだけで、値段が跳ね上がってしまうらしい。

「いやいや。目立ちたくないから服を買うのに、そんな派手な服を買ったら本末転倒だろう？」

「関係ないわ！　これはプライドの問題よ！　美の女神としては、自分の外見に妥協するわけにはいかないのよ！」

「………………」

相も変わらずに面倒くさいやつである。

ここは少し持ち上げて説得を試みることにしよう。

「バカだな。お前は元が綺麗《きれい》過ぎるから、服は地味なくらいでぢょうどいいんだよ。こっちの安い方にしておけって」

「……⁉」

俺の言葉を聞いた途端、アフロディーテの顔は熟《う》れたトマトのように赤くなる。

「き、綺麗って……。唐突に何を言い出すのよ⁉　もしかしてソータは……アタシのことをそういう目で見ていたの？」

「……何をそんなに照れることがあるんだよ。お前くらいの美人なら耳にタコが出来るくらい言われているはずだろ」

「て、照れてなんかいないわよ！　これはソータが急に変なことを言うからビックリしちゃっただけでっ」

モジモジと指を絡《から》ませながらもアフロディーテは打ち明ける。

「それにその……神族って他人との関わりが希薄だから異性から褒《ほ》められることも無かったし」

意外だった。

美の女神を自称するくらいだから、てっきり男たちから褒められまくっていると思っていたのだが――。

この反応を見ていると、どうやらそういうわけでもないらしい。

「し、仕方がないわね。ソータがそこまで言うのなら今回はそっちの服で妥協してあげるわ！」

心なしか機嫌を良くしながらアフロディーテは、手にしていた《踊り子の妖装》を棚に戻す。

とにかくまあ、アフロディーテが納得してくれたようで何よりである。

それから。

ギルド公認雑貨店で温かい毛布《もうふ》や最低限の生活必需品などを購入した俺たちは、カスールの森に向かうことにした。


〜〜〜〜〜〜〜〜〜〜〜〜〜〜〜


今日もまた《カスールの森》にやってきた。

アーテルハイドにおける俺の短期的な目標は、十分な資金を貯蓄することである。

十分な装備を整えて戦力を強化しないことには、魔王を討伐《とうばつ》して地球に戻ることなんて夢の出来事《できごと》だからな。

森に着いた俺は周囲に人気《ひとけ》がないことを確認してから、生み出したばかりのゴブリンエリート&ゴブリンナイトを召喚してみる。

「ゴブッ！　ゴブゴブッ！」

ゴブリンエリートは、進化前のゴブリンを一回り大きくしたような外見をしていた。

体長はおよそ60センチくらい。

その顔立ちは進化前のゴブリンと比較をすると少しだけ凛々《りり》しいものになっていた。

ゴブリンナイトは、ゴブリンエリートが老《ふ》け顔になったような外見の魔物であった。

スリムな体型のゴブリンエリートと違って、随分と恰幅《かっぷく》の良いシルエットになっている。

ゴブリンエリートを新卒で入った若手社員だとするのなら、ゴブリンナイトは部長クラスの貫録がある。


「よし。お前たち！　聞いてくれ」

手持ちの魔物を召喚し切った俺は、彼らに聞こえるように声を張る。

「今日も昨日と同じ要領で《医薬草》を集めようと思う。集めたものはそこの木の根のところに置いていてくれ」

「「「ゴブッ！　ゴブゴブッ！」」」

俺の言葉を聞いたゴブリン軍団は蜘蛛《くも》の子を散らすようにして森の奥へと消えていく。

さてさて。

どうなることやら。

昨日の冒険ではゴブリンが他の魔物にやられてしまうというアクシデントが発生してしまったのだが今日は違う。

新しく習得した《魔物配合》のスキルによって、ゴブリンたちは目覚《めざ》ましい進化を遂げたのだ。

仲間の数は減ってしまったが、1匹の質は格段に向上している。

果たしてそのことが、今回の収穫にどんな影響を及ぼすのか?

俺は結果を心待ちにしながらも、新しい魔物を補充するべく森の奥に歩みを進めることにした。


〜〜〜〜〜〜〜〜〜〜〜〜〜


冒険の開始から3時間ほどが過ぎた。

相変わらずに医薬草を自力で発見することは出来ないが、魔物の補充は順調に進んでいる。

これまでに俺は追加で18匹のゴブリンを捕獲し、新しく合成素材にすることに成功した。

途中に出会ったウルフに関しては、ゴブリンナイトを使って倒すことにしている。

ウルフに関しては、ゴブリンと違って《魔物配合》のスキルを使って進化させることが出来ない。

最大で56匹までしか使役ができないわけだし、そろそろ枠のことを考えなければいけない時期だろう。

「はぁ～。アタシはもう疲れたわよ。ねえ、ソータ。いい加減に少し休憩しましょう?」

「そうしたいなら、お前は一人でボールの中に戻っていてくれ」

アフロディーテが「気分転換にアタシもクエストを手伝っていい?」と言い始めたのでボールの中から出してみたものの——。

このグータラ女神は、口を開けば不満ばかりだった。

「ゴブッ! ゴブゴブッ!」

探索を始めてから気付いたのだが、探索に出した2匹のゴブリンナイトたちはいつの間にやら木の棒を拾って装備するようになっていた。

どうやらこのゴブリンナイトという魔物は、武器を使って戦う習性があるらしい。

武器か……。

やっぱりそろそろ考えないといけないよな。

いつまでも木の棒を装備させている訳にもいかないだろうし、ゴブリンナイトたちにも武器を新調してやりたいところである。

「ソータ⁉　あそこの木の上に誰《だれ》かいるわ！」

探索を開始して更に1時間が過ぎた時。

突如《とつじょ》としてアフロディーテが真剣な口調で声を上げた。

おそらく崖から転げ落ちてしまったのだろう。

彼女が指を差す方向を見てみると、大きな樹木の上に人影を確認することが出来た。

ん。

んんっ⁉

あそこにいるのは女の子じゃないか……？

「…………ッ！」

すかさず俺は木に登り、少女の体が引っかかっている枝先にまで移動する。

彼女の体を抱きかかえると、枝先を折らないようにゆっくりと着地する。

キャロライナ・バートン
性別：女
年齢：372
状態：衰弱《すいじゃく》

衰弱
（対象のステータスを下げる状態異常）

鑑定スキルによると、銀髪の少女の名前はキャロライナというらしい。

外見的には10代前半にしか見えない容姿をしているのだが、年齢は驚きの372歳。

どういう訳かキャロライナはメイド服を着ていた。

気を失って両目は閉じられているが、それでもキャロライナの目鼻立ちが整っていることは分かる。


「この子、魔族の吸血鬼ね」

キャロライナの姿を見た途端。

アフロディーテはおもむろに呟《つぶや》いた。

「魔族ってなんだ？」

「魔族っていうのは、今から３００年前、アーテルハイドに君臨していた魔王の味方をしていた種族の総称よ。強大な力を持った魔族は、アタシたち神族の存在を脅《おびや》かしていた時期があったらしいわ」

「……なるほど。で、どうしてその魔族っていうのがこんな森の中にいるんだ？」

「それは分からないわ。魔王が滅びた後は、魔族たちはすっかり力を失って人間たちに隠れて生活をしていると聞いているからね」

「…………」

「それにしても酷《ひど》い出血ね。生きているのが奇跡的なくらい。放っておくと、１時間もしない内に死んでしまうのではないかしら？」

アフロディーテの言う通り。

キャロライナの出血は凄惨《せいさん》なものであった。

崖から転げ落ちたときの擦《す》り傷も酷いが、誰かに襲われたのだろう。

彼女の背中には弓矢が刺さっていた。

「そんなことって……。なあ、お前の力でどうにかならないのかよ⁉」

「無理ね。以前のアタシならこれくらいの傷は回復魔法で癒《い》やすことが出来たのだけど……見ての通りにステータスが下がっていて魔法の類《たぐい》は一切《いっさい》使うことが出来ないもの」

偶然にも木の上に引っ掛かったことは、彼女にとって不幸中の幸いだったのだろう。

もし仮に——。

彼女の体が地面に落下していたら、今頃《いまごろ》はウルフのような肉食の魔物の餌《えさ》になっていたに違いない。

「だけど、奇妙な巡り合わせもあるものね。彼女を助ける方法が一つだけあるわ」

「……本当か⁉」

「ええ。ボールの中に入っていると、強力なヒーリング効果を得られるという話は以前にしたじゃない？

本当なら魔物使いが吸血鬼を使役することなんて出来ないのだけど……ソータの持っている《絶対支配》のスキルがあれば彼女を助けることが出来るわ！」

「なるほど。その手があったか！」

そういうことなら俺は迷わない。

見ず知らずの女の子を使役してしまうことに対する罪悪感が全《まった》くないわけではない。

……が、このまま彼女を見殺しにすることなんて出来るはずないからな。

俺の投げたカプセルボールは突如として眩《まばゆ》いばかりに発光して、キャロライナの体を吸い込んでいく。

無事に契約が完了されたのだろう。

俺のステータス画面には新たにキャロライナの名前が表示されていた。

カゼハヤ・ソータ

職業 魔物使い

レベル 569（↑12）

生命力　258（↑6）
筋力値　96（↑1）
魔力値　205（↑5）
精神力　2958（↑60）

加　護

絶対支配

スキル

カプセルボール
鑑定眼
魔物配合

使　役

アフロディーテ
キャロライナ・バートン
ゴブリンナイト×15
ウルフ×5

おそらく吸血鬼という種族は大量に経験値をくれるのだろう。

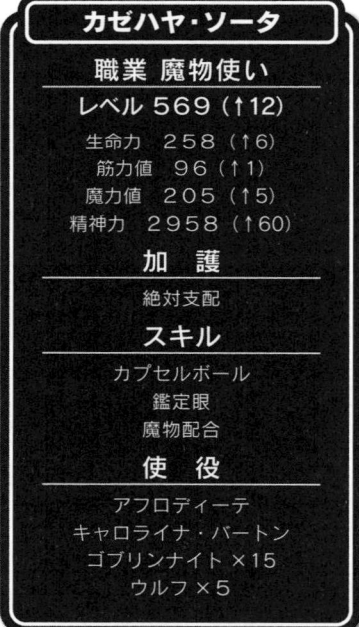

ステータスの上昇は微々たるものだが、この世界に召喚されてから初めてレベルアップしていた。

正直に言って1から10まで状況は全く飲み込めていない。

彼女は一体何者なのだろう?

どうして背中に矢を射られるような状況に陥《おちい》ってしまったのだろうか?

けれども。

何はともあれ、この台詞《せりふ》だけは言うことが出来るだろう。

吸血鬼の美少女!　ゲットだぜ!

キャロライナ・バートン

種族　吸血鬼

レベル 173

生命力　433
筋力値　310
魔力値　388
精神力　357

スキル

火属性魔法（上級）
風属性魔法（上級）
水属性魔法（上級）
闇属性魔法（上級）
光属性魔法（中級）

第5話
禁断の出会い

吸血鬼の美少女、キャロライナ・バートンと契約してから更に3時間が過ぎた。

結論から言うと医薬草の採取は、昨日以上の成果を上げている。

ハッキリと計算したわけではないのだが、個数にすると100個以上の数が集まっているのではないだろうか?

しかし、ここに来て新しい課題が発生している。

それは時間の経過と共に、医薬草の採取のペースが明らかに落ちているということであった。

最初は働いている魔物たちが疲れているだけなのかと思ったのだが、今回の収穫ペースの減少はそれだけでは説明できない。

ここから導き出される結論は一つ。

どうやら俺《おれ》は、前回の採取と合わせて森に生えている《医薬草》の大部分を取り尽くしてしまったらしい。

「これ以上は作業していても無駄だな。今日のところは引き上げて、明日からは新しい金策手段を探さないと」

ちなみに満を持して投入されたウルフたちであったが、どうやら彼らに関しては医薬草の採取に向かない魔物であるらしい。

ゴブリンと比較をして知能が低いことが災《わざわ》いしたのだろう。

どうやらウルフたちに植物の判別能力はないらしく、持ってくるのは何の変哲もないただの雑草ばかりであった。


「ふふふ！　どうやらアタシの出番がきたようね！」


ここから一体どうやって山積みになっている医薬草を街まで運ぼうか？　と、考えている俺に向けてアフロディーテが声を上げる。

「まったくもう……。ソータはアタシがいないと何も出来ないんだから。ソータがどうしてもって頭を下げるなら……今日もアタシが荷物持ちを手伝ってあげないこともないわよ？」

「…………」
ウ、ウゼェ……。
たしかに今回採取した医薬草を俺一人で運んでいては日が暮れてしまう。

俺＆アフロディーテ＆ゴブリンナイト２匹でギリギリ運び切れるか？

という感じの量である。

２匹を超える魔物を引き連れて街を歩くのは、人目に付いてしまうので避けたいところであった。

「ほらほら！　どうしたの？　お願いします。アフロディーテ様！　プリプリプリチーなアフロディーテ様！　超絶ゴッド美人のアフロディーテ様！　と、地面に頭を擦《こす》り付けながら咽《むせ》び泣くなら、特別に考えてあげないこともないわよ？」

こ、こいつ！

人が弱みを見せれば一気につけ上がりやがって⁉

頭を下げるくらいなら安いものだが、アフロディーテを更に調子に乗らせてしまうような気がして腹立《はらだ》たしい。

何か策はないだろうか？

頭の中で様々な策を巡らせていると、俺の頭の中に一つのアイデアが浮かぶ。

「……いや。待てよ？」

絶対支配　等級　詳細不明
（森羅万象《しんらばんしょう》を支配する資格を持った者に与えられる加護）

そこで俺が思い出したのは《絶対支配》の加護である。

説明によれば全《すべ》ての対象を支配することが出来ると書いてある。

ならば魔物だけではなく、アイテムもボールの中に収納することが出来るのではないだろうか？

現にアフロディーテが持っていた枕《まくら》、雑貨店で購入した毛布《もうふ》などはボールの中に入れることが出来た。

大切なのはイメージである。

俺は地面に山積みになっている医薬草に向かって、具現化したカプセルボールを押し当ててみる。

すると、どうだろう。

カプセルボールは眩《まばゆ》い光を発して、高性能の掃除機のような勢いでアイテムを吸い込んでいく。

どうやら医薬草のようなアイテムは、枠の制限には引っ掛からないらしい。

100個以上あった医薬草は、結果として全てカプセルボールの中に納められることになった。

「ふぎゃぁぁぁ⁉　なんで！　どうして⁉」

まさか荷物持ちという数少ない仕事を奪われるとは思わなかったのだろう。

先程までの上から目線の態度から一転。

アフロディーテはかなり動揺しているようであった。

「……ね、ねえソータ。ちなみにさっきのアタシの言葉は全て冗談だからね？」

「分かっているよ。ディーのような優しい女の子が人の弱みにつけ込んで調子に乗ったりするはずないもんな」

冗談めかして皮肉を言うと、アフロディーテは涙目になる。

「う、うん。分かっているならいいのよ。少し見ない間にソータも成長したみたいで感心したわ」

「ああ。この調子で成長していけば、ディーの仕事がますます無くなっていくかもしれないな」

更に皮肉を言うと、アフロディーテはヘナヘナと腰を下ろして俺の体に密着する。

「ご、ごめんなしゃい。調子に乗りましたぁ……」

「……そうか。分かったよ」

「だからソータ。お願いだからアタシのことを捨てないでぇ……。今度からは真剣に仕事を手伝うことにするからぁ……」

「分かったから……そんなに引っ付くな！」

俺が思っている以上にアフロディーテのショックは大きかったのかもしれない。

アフロディーテが泣き止むまで暫《しばら》く時間がかかった。


～～～～～～～～～～～～～～


「こちらがクエスト報酬である６６０００コルになります」

「どうも。ありがとうございます」

その日の冒険者ギルドはちょっとした騒ぎになっていた。

それもそのはず。

今日一日で俺が冒険者ギルドに持ち運んだ医薬草は優に１００個を超えていた。

「あの、興味本位で聞きたいのですが、どうしてこんなに集めることが出来るのですか？　もしかしてソータさんは森の中の秘密スポットを知っていたりするんですか？」

「ふふふ。これが冒険者としてのボクの才能というものですよ。ボクにかかればこんなものです」

愛しのクロエちゃんの前なので、とびきり格好を付けておく。

「おいおい。なんだよ。あのルーキー……?」

「思い出した。たしかアイツ……昨日とんでもない美人を連れて冒険者登録をしにきていた男だぜ」

「マジかよ⁉　あの話題になっていた変な服を着た男だったのか!」

周囲にいた冒険者たちは、俺に関する話題を次々に口にしていた。

むう。

流石《さすが》に少し目立ち過ぎたか。

医薬草を使った小遣《こづか》い稼《かせ》ぎは暫く控えないといけないな。

まあ、どちらにせよ明日からは別の依頼をこなすつもりだったので問題にはならないが。

そんなことを考えながらも俺は冒険者ギルドを後にした。

〜〜〜〜〜〜〜〜〜〜〜〜

「お兄さん。リンゴ!　リンゴはいかがでしょうか?」

宿屋に戻るためにセイントベルの街を歩いている最中。

一人の少女が俺に向かって声をかける。

その少女は薄汚れたシートの上にリンゴを載せて簡易的な露店《ろてん》を開いているようだった。

年齢にして7歳くらいだろうか？

現代日本なら間違いなく小学校に通っているような年齢である。

この世界では幼女も働かなくてはならないのか。

あまり栄養状態は良くないみたいだし、見ていて心が痛くなるような光景であった。

「ソータ。アタシ、お腹《なか》が空いたわ。せっかくだからリンゴを買って帰りましょう？」

アフロディーテとしても少女の姿を見ていて何か思うことがあったのだろう。

「そうだな。えーっと。リンゴを10個ほどもらえるか？」

「あ、ありがとうございます！　10個ですと、１５００コルになります」

俺は銀貨1枚と鉄貨5枚を手渡すと、代わりにリンゴを受け取った。

余ったリンゴは後でゴブリンたちの餌にしてしまおう。

ちなみにこの世界の主要な貨幣は以下のようになっている。

銅貨　１０コル
鉄貨　１００コル
銀貨　１０００コル
金貨　１００００コル

この上には白金貨という、更に上のものも存在しているようであるのだが、一般に流通することは全くないと言ってもいいらしい。

アフロディーテと二人でリンゴを齧《かじ》りながら、セイントベルの街を歩く。

うん。美味《おい》しい！

何故《なぜ》だろう。

味の方は……普通のリンゴなのにやたらと美味しく感じるな。

異世界に召喚されてから、暫く甘いものを口にしていなかったせいなのかもしれない。


「おい。そこの貴様《きさま》。足を止めろ」

バクラジジャ・アッカーマン

種族：人族
年齢：37

上機嫌に歩いていると、脂汗《あぶらあせ》をかいたメタボなオッサンが俺の前に立ちはだかる。

メタボなオッサンは、自身の部下と思《おぼ》しきガラの悪い男たちを引き連れて、俺たちの方を睨《にら》んでいた。

「おい！　この絵に描かれている娘に見覚えはないか⁉」

そこでオッサンが懐《ふところ》から取り出したのは、妖艶《ようえん》な色気を纏《まと》った少女の絵であった。

絵の人物がついさっき森の中で使役したばかりの吸血鬼の少女、キャロライナであることはすぐに分かった。

「いえ。すいません。心当たりはないんですが、その娘《こ》が何かしたんですか？」

キャロライナなら俺のボールで寝ているけど？

なんてことは口が裂けても言えなかった。

何やらただならない事情がありそうだし、キャロライナに関する情報は口外しない方がよいだろう。

「貴様！　頭《ず》が高いぞ！　その方をどなたと心得る⁉　セイントベルの中でも４番目に大きいと言われている奴隷商会の総帥《そうすい》、バクラジャ・アッカーマン様であらせられるぞ！」

「……そ、そうでしたか」

いや、誰だよ？

そもそもにして４番目に大きな商会の総帥って……凄《すご》く微妙なポジションに聞こえるんですが……。

「ふんっ。次に無礼なことを言ったら命はないと思え！　その絵の中の女は商品として我々が購入したにもかかわらず、あろうことか脱走を図ったのだ」

「………………」

なるほど。

つまりキャロライナは、奴隷になるのが嫌で逃走中の身だったんだな。

んで、逃げている最中に崖から落ちて今に至るというわけか。

「了解しました。何か情報が入り次第、連絡を差し上げます」

俺が頭を下げると、男たちの集団は次の目撃者を探すべく露店通りの奥に進んでいった。

「何あれ。嫌な感じじね」

「ああ。面倒事になりそうだしかかわらない方がよさそうだな」

後から思うと俺のこの台詞《せりふ》でフラグだったのかもしれない。

「なんだ貴様！　こんな場所にリンゴを並べて……我々の発行している商売許可証は持っているのか⁉」

「ふぇ……？」

「貴様！　こっちにこい！　ワシの家でたっぷりと折檻《せっかん》をしてやる」

メタボなオッサンは下卑《げび》た笑みを貼《は》りつけながらも、リンゴ売りの少女に絡《から》んでいるようであった。

オッサンの右手は少女の尻《しり》を鷲掴《わしづか》みにしていた。

「あの。それくらいにしておいてもいいんじゃないですか？　小さな子供を相手に大人気《おとなげ》ないですよ」

ああ。俺のバカッ！

絶対に面倒なことになるからかかわらないと胸に決めていたはずなのに……気付いた時には

体が動いていた。

「なんじゃ。貴様は……？　先程の冒険者ではないか」


幼女にセクハラしているところを邪魔されて機嫌を損ねたのだろう。

メタボなオッサンの表情は怒りで歪《ゆが》んだものになっていた。

「冒険者風情《ふぜい》が。ワシに何か文句があるのか？　ええ？」

「お、お兄さん……」

見ているぞ。

幼女が怯《おび》えた眼差《まなざ》しでこちらを見ている。

文句ならある！

幼女をペロペロして許されるのは二次元だけだ。

お前みたいな奴《やつ》がいるから、日本のマンガは規制されるんだよ！

悲しみは、悲しみの連鎖を生み出してしまうのだ……。


「文句があるのかと聞いているのだ！　ワシの言葉を無視する気かっ！」

何を血迷ったのかオッサンは腰に差した剣を抜く。

そして一切《いっさい》の躊躇《ちゅうちょ》なく、俺の方に斬《き》りかかってきた。

瞬間、俺は反射的にゴブリンナイトを召喚していた。

ゴブリンナイトはその全身を使って、オッサンの剣から俺を庇《かば》ってくれた。


「貴様……魔物使いだったかっ！」


ご明察。

どうやら魔物使いという職業は、アーテルハイドにおいてそれなりに知名度のあるものらしい。

しかし、このオッサンは体形の割にはなかなか動けるんだな。

現時点における俺の最高戦力であるゴブリンナイトは、オッサンの剣撃によって深刻なダメージを負ってしまうことになる。


「恐れることはない。者ども！　そこにいる冒険者をひっ捕らえよ！　魔物使い風情がワシに逆らったことを後悔させてやるわ！」

「「「ハッ……！」」」

オッサンの命令を聞いた部下の男たちは、一斉に剣を抜き俺の方に向かって突進する。

「ゴブリンたち！　俺のことを守ってくれ！」

俺は2匹、3匹、4匹と徐々に召喚していき命令を下す。

総勢15匹のゴブリンナイトは、みるみる内に露店通りを占拠していくことになる。


「「「なにィ⁉」」」


あまりの敵の数に恐れをなしたのだろう。

男たちは足を止めて急ブレーキをかける。

その隙《すき》を見逃さない。

一転、攻勢に転じた俺はゴブリン軍団に命令を下す。

多勢に無勢とは、まさにこういう状況のことをいうのだろう。

大勢のゴブリン軍団たちからの襲撃に、男たちは途端に地面に這《は》いつくばることになった。

「そこまでだ！　今すぐに魔物を引いてワシの指示に従《したが》え！　でなければこの小娘の首を掻《か》き切るぞ！」

「お、お兄さん……」


迂闊《うかつ》だった。

部下の男たちに気を取られて一瞬だけ判断が遅れてしまった。

メタボなオッサンは、リンゴ売りの少女を盾《たて》に取り得意顔になっていた。

「分かった。言うことを聞く。ただしそれには一つだけ条件がある」

「はぁ……？　条件……？」

メタボなオッサンは怪訝《けげん》な表情を浮かべる。

「その代わりにこいつを受け取ってくれ」

「ん。なんじゃこれは……？」

大きく山なりに投げたことで上手《うま》く油断させることが出来たのだろう。

メタボなオッサンは俺の投げたカプセルボールを空中でキャッチする。

「かかったな！」

しかし、それこそが俺の仕掛けた罠《わな》であった！

「な、なんじゃ⁉　この光は⁉」


オッサンが声を荒げた直後。

俺の投げたカプセルボールは突如として眩いばかりに発光して、その体を吸い込んでいく。

結果。

いつの間にやらオッサンの体はすっかり小さなカプセルボールの中に入ることになる。

メタボなオッサンは顔を真《ま》っ赤《か》にしながら、ボールの内側からドンドンと壁を叩《たた》いていた。

「コ、コラ！　なんじゃ此処《ここ》は⁉　出せ！　早くワシのことを出すのじゃ！　どうなっても知らんぞ！」


ふぅ……。

どうやら今回は上手く窮地を切り抜けることが出来たらしい。

メタボなオッサン！　ゲットだぜ！

「大丈夫？　ケガはなかったか？」

「……う、うん。ありがとう。お兄さん」


リンゴ売りの少女は丁寧にお辞儀《じぎ》をしてくれた。

今回のことでハッキリと分かった。

俺の《絶対支配》のスキルは使い方によっては、この世界の常識を根本から崩壊させかねない危険なものである。

ゴブリン軍団を召喚したタイミングで、露店にいた人たちは逃げ出してしまったらしい。

よかった……。

幸運なことに今回は、目撃者の数を最小限に抑えられたようである。


「ソータ。なんというかその……アタシからこういうことを言うのも不本意なんだけど……」


モジモジと恥ずかしそうに視線を伏せながらもアフロディーテは告げる。

「さっきのことだけど。少しだけ……格好良かったわよ」

「はは。そりゃあ、どうも」

まさかアフロディーテの口からそんな言葉が出てくるとは予想外であった。

女神さまからお褒《ほ》めの言葉を受けることが出来るとは、光栄な限りである。

よっしゃ。

事件も一段落したことだし宿屋に戻ることにするか。

あまりこの場に留まっているのも賢い選択ではないだろう。


～～～～～～～～～～～～～～～


ゴブリンたちの頑張りもあって、本日の冒険では予想していた以上の大金を稼ぐことが出来た。

という訳で今夜の宿は、浴室のついたリッチなものを選ぶことにする。

値段は一泊７０００コルと、昨夜に泊まった宿の料金と比較をして2倍近かった。

けれども。

久しぶりに浴室で汗を流すことが出来るのだ。

このままでは体は臭《くさ》くなる一方だし、奮発する価値は十分にある。

半日ほどボールの中で体を休めていたからだろう。

森の中で出会った吸血鬼のメイド、キャロライナはすっかりと体の傷を癒《い》やしていた。

「んん……」

「ああ。目を覚ましたか」

暫く宿屋のベッドに寝かせていると、キャロライナが自らの意識を取り戻した。


「……魔王……さ……ま？」


俺の姿を見るなりキャロライナは妙な言葉を口にする。

「えーっと。誰かと勘違いをしているんじゃないか？」

尋ねると、キャロライナはハッとなり我を取り戻した。


「……こ、これは申し訳ありません。記憶が混乱しているみたいで。えーっと。ここは一体どこなのでしょうか？」


「ここはセイントベルの街の宿屋だよ。キミが森で倒れていたから街まで運んだんだ」

「そうなのですか。この度は助けて頂きありがとうございます。本当になんとお礼を申し上げればよいのやら。私の名前はキャロライナ。キャロライナ・バートンといいます。

親しいものからはキャロと呼ばれています。あの……よろしければお名前を教えて頂けませんか？」

「ああ。俺の名前はカゼハヤ・ソータっていうんだ」

「ソータさま……ですか。貴方《あなた》が私のことを助けてくれたことは、朧気《おぼろげ》ながらも覚えています。崖から落ちて木の上に引っかかっていた私を救って下さったのはソータさまですよね？　意識は朦朧《もうろう》としていましたが、ソータさまの顔はハッキリと覚えていました」

「そうか。それは良かった」

色々と説明の手間が省《はぶ》けたようで何よりである。

それから。

キャロライナは暫く何かを考え込んでいたかと思うと、ゆっくりと口を開く。

「あの……そこでソータさまに相談させて頂きたいことがあるのですが。私の方からソータさまに何か恩返しさせて頂けませんか？」

「恩返し？」

「ええ。こういう言い方をすると、厚かましく聞こえてしまうかもしれないのですが……。私はこのセイントベルに奴隷として連れてこられたのです。

ここから出たところで私には帰る場所すらもありません。なのでソータさまのお傍《そば》に置いて頂き、生活のお手伝いをさせて頂ければな、と」

「……俺としては大歓迎なんだけど、生憎《あいにく》とこっちにはメイドさんを雇うカネがないんだよなぁ」

「えっと。それなら大丈夫です。元々、無理を言っているのはこちらですし、最低限の衣食さえ確保して頂ければ何も不満はありません」

キャロライナの言葉が本当ならばこんなに嬉《うれ》しい話はない。

「こう見えて私は戦闘に少し自信があります。冒険に連れて行って頂ければソータさまの役にも立てるかと思います」

おそらくキャロライナの言葉は本当だろう。

彼女のステータスは女性とは思えないほど平均値が高いものであった。

「分かったよ。そこまで言うのならキャロのことを拒む理由はないかな」

「本当ですか⁉　ありがとうございます！　ご主人さま！」

「ご主人さま……だと……⁉」

「ええ。これからソータさまは私のご主人さまになるわけですから、そう呼ぶのが適当かと思いまして。……何か変だったでしょうか？」

「変じゃない！　変じゃないさ！　是非とも今後は俺のことはご主人さまと呼んでくれ！」

なんということだろう。

どうやら今日から俺は、キャロライナのご主人さまになったらしい。

お金を払わずに女の子から、『ご主人さま』と呼んでもらえる日がくるとは思わなかった。


「ご主人さま。私にして欲しいことがありましたらなんなりとお申し付けください。ご主人さまの命令であれば私は全てのことを受け入れるつもりです」

上品に腰を曲げ、深々と頭を下げながらもキャロライナは告げる。


「な、なんでもいいのか……？」

「当然です。これからは命を救って頂いたご主人さまのために誠心誠意、身を粉《こ》にして尽くさせて頂きます」

キャロライナは屈託《くったく》のない笑みを浮かべて感謝の言葉を口にする。

その様子があまりに可憐《かれん》だったので、思わず俺はドキドキしてしまう。

というか、よくよく考えれば俺はいま凄《すご》い状況にいるんだよな。

誰もが振り返るような銀髪紅眼《ぎんぱつこうがん》の美少女メイドとベッドの上に二人きりなんて……。

キャロライナは全体的に細身でスラッとしていながらも出るところは出ているという……男の理想を体現したかのような体をしていた。

やばい。

なんか意識をすると余計にドキドキしてきちまった。


「ソータ！　先にお風呂《ふろ》を借りたわよ！」


一種の神々《こうごう》しさすら感じられる凛《りん》とした声音。

声のした方に目をやると、バスローブを身に付けたアフロディーテがそこにいた。

シャワーを浴びたばかりの彼女の姿はいつにも増して色っぽい。

バスタオルの隙間《すきま》からアフロディーテの豊満な胸がポヨポヨと揺れる。


「……なっ。どうして神の眷属《けんぞく》が此処に⁉」


アフロディーテの姿を目にしたキャロライナは、明らかに顔色を蒼白にしていた。

「もしかしてキャロには、こいつの正体が分かったりするのか？」

「ええ。神族と魔族は表裏一体《ひょうりいったい》。互いに正反対の性質を持った存在ですからね。近くにいると朧気ながらも感覚で分かるのです」

なるほど。

そういえばアフロディーテの方も、キャロライナの姿を見た瞬間に魔族だと断定していたっけな。

「そうか。バレているのなら仕方ないな。こっちの彼女は、アフロディーテといって色々と事情があって一緒に冒険をしているんだ」

「ア、アフロディーテ!? どうしてオリュンポス十二神の一人が地上に!? 天界でも最高ランクの地位に就く神族じゃないですか！」

「………………」

知らなかった。

たしかにゲームとかでよく聞く名前だなと思っていたのだが、こっちの世界でもアフロディーテって有名だったのか……。

「えーっと。これには色々と訳があってだな」

ややこしいことになってしまった。

よくよく考えてみると俺は、本来ならば水と油の存在である神族と魔族を同時に契約しちまったんだよな……。

俺は此処に至るまでの経緯をキャロライナに説明することにした。

～～～～～～～～～～～～～～～～～～～～

とんでもない人に出会ってしまった。

もろもろの説明を受けたキャロライナは驚きを隠せないでいた。

地上で最上級の神族と出会ってしまうこともそうだが、キャロライナにとってそれ以上の衝撃だったのが、神族を従える人間の存在であった。

魔王復活の予言を受けて、別世界から勇者が召喚されていることは知り合いの魔族から聞いていた話であった。

けれども。

神すらも従えることの出来る加護については、３００年以上の年齢を重ねたキャロライナすら聞いたことのないものであった。

……いや、正確には過去に一人だけそれに近い力を持った存在を知っていた。

大魔王――イブリーズ。

３００年前にアーテルハイドに君臨して、人々に恐れられた存在である。

イブリーズはアーテルハイドに存在する『全ての魔物を支配する力』を以《もっ》て、絶対的な地位を確かなものにしていたのである。

何故だろう。

一目見たときから、ソータの姿には魔王の面影が重なって見えていた。

もしかしたらこの、異世界に勇者として召喚されたカゼハヤ・ソータという少年は、魔王の生まれ変わりなのではないだろうか？

キャロライナの中に芽生《めば》えた疑惑は、次第に確信へと変わっていた。

根拠としては二つある。

一つは、近日中に魔王が復活するという予言が高名な予言師の口から出ていること。

イブリーズのような強大な力を持った魔族は、たとえ肉体が朽ち果てようとも魂までは完全に消失することはない。

こういったケースの場合は、数百年という年月をかけて別の器《うつわ》に転生することが常とされていた。

二つは、長きにわたり魔王の元に仕えていたキャロライナの勘である。

誰よりも近くでイブリーズに仕えて、彼のことを心の底から愛していたキャロライナだからこそ分かる。

間違いない。

カゼハヤ・ソータという少年は、魔王イブリーズの生まれ変わりである。

本人には自覚はないようだが、予言が確かであれば、やがて彼は魔王の力に目覚《めざ》めてアーテルハイドの頂点に君臨する存在となるだろう。

ならば自分の使命は、全力を以てして彼の手助けに応じることである。

（しかし、奇妙な巡り合わせもあったものですね。貴方とまたこうして巡り合う機会を得ることが出来るとは……）

誰よりも強く、絶対的な存在であったイブリーズはキャロライナにとって憧憬《しょうけい》の対象であった。

（ふふ。私としてことが……気持ちが昂《たか》ぶってしまっていけません）

キャロライナは再び魔王の元に仕えることが出来る喜びに打ち震えるのであった。

バクラジャ・アッカーマン

種族　奴隷商人

レベル　18

生命力　45
筋力値　52
魔力値　32
精神力　25

スキル

殺戮者の凶刃
火属性魔法（初級）
水属性魔法（初級）

第6話 アメーバスラッグ

翌日。

これまでメインにしてきた医薬草の採取に代わるクエストを探すために、冒険者ギルドにやってきた。

ちなみに昨日の夜からキャロライナには、アフロディーテと一緒にボールの中で待機してもらっている。

彼女の境遇を考えると、事態が落ち着くまではボールの中を中心に生活してもらうのが良いだろう。


「おいおい。見ろよ。新しいクエストが追加されているぜ」

「そう言えば昨日はズマリアの湿地《しっち》で大雨が降ったらしいからなぁ。モンスターが湧《わ》き出したんだろう」


ギルドボードの前に立った中年の冒険者たちがそんなことを言っているのが聞こえてきた。

☆討伐《とうばつ》系クエスト

●ライトマッシュの討伐

必要Ｒ　：Ｇ
成功条件：ライトマッシュを５匹討伐すること
成功報酬：５０００コル
繰り返し：可

●アメーバスラッグの討伐
必要Ｒ　：Ｇ
成功条件：アメーバスラッグ２匹を討伐すること
成功報酬：５０００コル
繰り返し：可

☆探索系クエスト

●薬膳キノコの採取

必要R　：G
成功条件：薬膳キノコを10個持ち帰ること
成功報酬：6000コル
繰り返し：可

男たちが話題にしていたクエストはこの3種類のようである。

依頼に必要な冒険者ランクはG。

突発的な依頼ということもあり、以前まで森でこなしてきたクエストよりも割の良いものが揃《そろ》っていた。

ふむふむ。

医薬草も取り尽くしてしまったことだし、今日は心機一転して新しいクエストを受けることにしよう。


〜〜〜〜〜〜〜〜〜〜〜〜〜〜〜〜


それから2時間後。

新規に受注したクエストをこなすためにズマリアの湿地に到着した。

ギルドから受け取った小冊子によると、このエリアに出現する魔物はライトマッシュとアメーバスラッグの2種類であるようだ。

俺《おれ》は周囲に人気《ひとけ》がないことを確認すると、ボールの中からキャロライナを召喚する。

「お、驚きました！　話には聞いていましたが、本当にボールの中を自由に出入りすることが出来るんですね！」

突如《とつじょ》として呼び出されることになったキャロライナは、大きな目をパチクリとさせて驚いているようであった。

「……全《すべ》ての種族を支配する《絶対契約》の加護。やはり一介の人間が持つには、あまりに強大な力な気が」

「ん？　何か言ったか？」

「い、いえ！　なんでもございません！」

尋ねると、キャロライナは大袈裟に手を振って何かを誤魔化《ごまか》しているような感じであった。

「見て見てソータ！　あっちからキノコのモンスターがやってくるわよ！」

ライトマッシュ　ＬＶ２／５　等級Ｇ

生命力　21
筋力値　５
魔力値　11
精神力　11

スキル
痺《しび》れ粉

アフロディーテの指の先には、ピョンピョンと跳ねながら移動するライトマッシュの姿があった。

「キャロ。どれくらい戦えるかお前の実力が見たい。この場は任せても大丈夫か？　あのキノコのモンスターを殺さない程度に無力化してくれると助かる」

「了解しました。あの程度の相手なら素手《すで》でも問題はないと思います」

キャロライナはライトマッシュの方向に歩み寄る。

ライトマッシュは全長50センチほどのキノコの形をしたモンスターであった。

キノコをそのまま巨大化したかのような形状であるので足は生えていない。
ホッピングをしているみたいにピョンピョンと移動する様子は、何処《どこ》となくコミカルな雰囲気であった。

「ノコー！」

ライトマッシュは奇妙な声を上げると、頭の先から胞子《ほうし》を飛ばし始める。
ぬおっ！
なんだよ！　あの攻撃は⁉
もしあの攻撃が毒だったらまずい。
初見の相手にキャロライナを戦わせるのは判断ミスだったか。
けれども。
心配する俺とは対照的にキャロライナは冷静であった。
突如としてキャロライナの足元からは強風が巻き起こる。

「これは……魔法か……⁉」

俺の予想が正しければ、この風はキャロライナのステータス画面に表示されていた『風属性魔法（上級）』によるものだろう。

ライトマッシュの放った痺れ粉は、風によって掻《か》き消されることになる。

直後。

キャロライナは人間離れをした兎のような脚力《きゃくりょく》でジャンプすると、一瞬でライトマッシュの背後に回りこむ。

それから。

一分の隙《すき》もないコンパクトな蹴《け》りでライトマッシュを蹴り飛ばしてみせた。


「ええと。こんな感じで大丈夫でしょうか？」

「十分過ぎる！　これなら戦いを任せても全《まった》く問題なさそうだな」


キャロライナの活躍によってライトマッシュは既に虫の息になっている。

やったぜ！

これならば確実にカプセルボールを当てることが出来るだろう。


〜〜〜〜〜〜〜〜〜〜〜〜〜

今回の湿地探索のメインになってくるのは、《薬膳キノコ》というアイテムの採取である。

ギルドから受け取った小冊子によると《薬膳キノコ》は、ズマリアの湿地の中でも特に湿度の高い場所に生息することが多いらしい。

採取の方法は以前に森で《医薬草》を収穫したときと同じでいいだろう。

そう判断した俺は、次々にゴブリン軍団を召喚していくことにした。


「凄いです！　こんなに沢山の魔物を同時に召喚出来るなんて……！」


ポコポコと切れ目なくゴブリン軍団を召喚していく俺に対して、キャロライナは尊敬の眼差《まなざ》しを送ってきた。

「えーっと。やっぱりこれって凄いことなのか？」

いかんせん比較対象となる存在がないので全く実感がない。

「もちろんです！　魔物使いが契約できるモンスターの数はレベルに依存すると言われています！　同時に3匹の魔物を使役することができれば一流と言われているくらいですから」

「……そうだったのか」

3匹を使役したら一人前だとするなら現在の俺は何人前なのだろうか……。

「まあ、当然じゃない？　なんたってソータは神であるアタシから経験値を取得したんですから！　これくらいは仕事をしてもらわないと」

「………………」

だから……どうしてそこでお前がドヤ顔になるんだよ？

さてさて。

適当に駄弁《だべ》っているうちに、ゴブリンナイトたちの召喚が終わったので作業に入ることにした。

今回の《薬膳キノコ》の採取は、アフロディーテとキャロライナにもフルで手伝ってもらうつもりである。

彼女たちにはそれぞれ、ゴブリンナイト5匹とウルフ1匹を護衛に付けて仕事に入ってもらうことにした。

「お前たちは一旦《いったん》、俺の指揮下から外れてアフロディーテとキャロライナの命令に従ってくれ。二人の身に何かあったときは命に代えても守ってやるんだぞ」

「「ゴブッ！」」

「「ガウウウ！」」

二人に任せたい役割は、主として俺と魔物を繋《つな》ぐパイプ役である。

魔物を遠征させての探索は、単一の命令しか下すことが出来ずにどうしても非効率的な部分が発生してしまう。

アフロディーテとキャロライナが適切なタイミングで命令を下すことが出来れば、探索の効率を上げることが出来るのではないだろうか？

俺が３人に分かれて作業をすることを決めたのには、そのような理由が存在していた。

～～～～～～～～～～～～～～～～

それから。

作業を開始してから10分くらいが過ぎただろうか。

さっそく探索に向かわせたゴブリンナイトが、１本目の《薬膳キノコ》の採取に成功したみたいである。

このまま俺も《薬膳キノコ》の採取に乗り出したいところなのだが、今回は別に優先して試《ため》してみたいことがあった。

バクラジャ・アッカーマン

職業　奴隷商人
レベル　18
生命力　45
筋力値　52
魔力値　32
精神力　25

スキル
殺戮者《さつりくしゃ》の凶刃《きょうじん》　火属性魔法（初級）　水属性魔法（初級）

カプセルボールの中から、以前に使役をしたメタボなオッサンを召喚してみる。

「……なっ。こ、此処《ここ》は何処じゃ⁉」

突如として外の世界に出ることになったバクラジャさんは動揺しているようであった。

ボールの中でもアフロディーテ&キャロライナにセクハラしたら手に負えない。

そういう訳で俺はバクラジャさんに対して、『俺が許可するまでボールの中で寝ていること』を命令していたのであった。

バクラジャさんにとって自分がボールの中に閉じ込められたのは、ほんの数分前のことなのだろう。

さてさて。

こいつの処分をどうしようか？

今のところ契約を解除する手段はないのだが、かといってこのまま放置しておくのも何かと都合が悪い。

使役出来る魔物の数には制限があるからな。

殺戮者の凶刃　等級D　パッシブ
（斬撃攻撃力が中上昇）

取得条件
●快楽目的で10人以上の人間を殺すこと

以前にステータスを調べていたときに気付いたのだが、このオッサンはやはり極悪非道な人間だった。

それというのも《殺戮者の凶刃》というスキルの取得条件に『快楽目的で10人以上の人間を

殺戮すること』という記述がされているからである。

仮に契約を解除する手段を後から得たとして、彼をボールの外に逃がしてしまうと更なる被害者を出すことに繋がりかねない。

「こうなったからにはワシも覚悟は出来ている」

召喚したウルフたちに囲まれたオッサンは、切腹《せっぷく》を覚悟した武士のような面持《おもも》ちで、ゆっくりと両目を閉じる。

「くっ……殺せ！　殺すがいい！　ワシも小僧の手に落ちてまで惨めに生き残ろうとは思わん」


お前はオークに囲まれた姫騎士かよ。

どちらかというとオークはオッサンの方なわけだが……。

当然と言えば当然の話なのだが、メタボなオッサンに「くっ……殺せ！」と言われても全く萌えないな。

「安心しろよ。俺はアンタみたいな外道とは違う」

異世界に召喚されたとはいっても所詮、俺は一介の高校生に過ぎない。

人間の命を殺《あや》めてしまったら、罪悪感で胸が一杯になってしまうだろう。

「ふんっ。ならば……逃がしてくれるというのか？　生憎《あいにく》とワシは貴様《きさま》のような小僧に情けをかけられるほど落ちてはいないぞ！」

「いいや。違うな。逃がしはしないが、殺しもしない。互いにＷＩＮ―ＷＩＮの関係になる方法が一つだけあるんだ！」

そう宣言した俺はスキルを使用しておもむろに配合の画面を開く。

システムメッセージ
（ベースとなる魔物を選んで下さい）

→　ウルフ
　　ゴブリンナイト
　　アフロディーテ
　　バクラジャ・アッカーマン
　　キャロライナ・バートン
　　ライトマッシュ

メッセージを読んだ俺は、迷わずそこでウルフの名前を選択。

システムメッセージ
（素材となる魔物を選んで下さい）

→　バクラジャ・アッカーマン

お次は素材となる魔物の選択である。

ここで俺は今回の配合の主役となるバクラジャ・アッカーマンの名前を選択した。

事前にスキルを使用して配合可能な組み合わせを調べている。

合成素材としてオッサンを消費することの出来る組み合わせは一つ！

どうやらウルフをベースにしてオッサンを配合すると、ワーウルフに進化することが可能らしい。

システムメッセージ
（下記の魔物に進化が可能です。
合成しますか？）

→　はい
　　いいえ

ワーウルフ

図鑑NO　422

種族　魔獣族
等級　D

レベル１

生命力　80
筋力値　115
魔力値　55
精神力　40

スキル

毒爪

進化条件

魔獣族のモンスター
×
人族のモンスター

獣族の中位種族となるモンスター。人族の血を取り入れることにより、高い知能を身に着けることに成功している。素早い動きと爪による攻撃が持ち味。


ワーウルフっていうのは日本語でいう狼男《おおかみ》のことだろう。

しかもこのワーウルフという魔物のステータスは、やたらと高めに設定されているらしい。

この数値が正しければ、間違いなく俺が契約しているモンスターの中でも最強だろう。

これは配合をしない理由がない！

「……ポチっとな」

「な、なんじゃ⁉　この光は⁉」

俺がシステムメッセージの『はい』ボタンを押した次の瞬間。
オッサンと近くにいたウルフの体が青白い光に包まれる。

「貴様、ワシに何をした!? 何をしたぁぁぁぁっ!?」

自らの体に起きている危機に気付いたのだろう。
バクラジャさんは血相を変えてシャウトするが、時既に遅し！
オッサンの体は途端にウルフの体内に吸い込まれていくことになった。
その直後。
ウルフの体は光に包まれて膨張していく。
光の中から現れたのは新しく生まれた魔物――ワーウルフであった。

「ガウ！ ガウ！」

ワーウルフは全長2メートル近くある、人間の体と狼の頭を持った魔物であった。

転生前の憎たらしいオッサン・フェイスから一転。

渋谷とか原宿を歩いている女子高生に人気が出そうなルックスである。


「よし！　ワーウルフ。お手！」

「ガウ！」

「お座り！」

「ガウ！」


やったぜ！

どうやら俺の命令にもなんの問題もなく応《こた》えてくれるようである。

こうして俺は、思いがけず現時点における最高戦力のモンスターの入手に成功するのであった。


〜〜〜〜〜〜〜〜〜〜〜〜〜〜〜〜〜〜〜

結論から言うと、3チームに分かれて作業を行ったのは正解だったらしい。

普段より効率良く探索を行うことが出来ているのだろう。

俺が指摘した場所には時間が経過する毎《ごと》に薬膳キノコが集まっていった。

「ご主人さま。こちらが討伐証明部位である《ライトマッシュの柄》になります」

「ソータ。こっちも素材を持ってきたわよ！」

「おお。どんどん集まっていくな」

普段は見る機会のない討伐証明部位まで収穫できるのは、新しいオペレーションならではの効果だろう。

魔物の中では高い知能を持つとされているゴブリン軍団であるが、彼らを以《もっ》てしても同時に複数の命令を下すと一つ一つの精度が格段に落ちてしまう。

つまりは「薬膳キノコを探してくれ」という命令を出している間は、魔物を倒して素材を調達するという芸当は不可能なのである。

アフロディーテ&キャロライナが、命令の更新を行ってくれているおかげで現在の成果があるのだろう。

痺れ粉　等級E
（遠距離・範囲攻撃。特定の相手を麻痺《まひ》状態にするスキル）

素材の方は順調に集まっているので今回はスキルの検証作業を行うことにする。
こういうのは時間があるときに試してみないとな。
いざ！　というときに効果を知らなければ手遅れになるかもしれない。
そう考えた俺は、おもむろにライトマッシュを召喚。

「ノコー！」

ライトマッシュは相変わらずに奇妙な鳴き声を上げていた。
こういうのは対象となる相手がいないと効果を測ることが出来ないだろう。
実験台にしてしまうのは気の毒だが、背に腹は代えられない。
俺はライトマッシュの対面にウルフを召喚する。

「ガウッ！　ガウッ！」

準備が整ったところで検証スタート！

（ライトマッシュ……痺れ粉だ！）

すかさず俺はライトマッシュにスキルを使用するように命令を下す。

と、ライトマッシュはお辞儀《じぎ》をするかのように頭を下げて、キノコ傘《がさ》の先端部分からキラキラとした粒子状の物質を噴射した。

その射程範囲は2メートルといったところだろうか。

遠距離攻撃として使用するには心許《こころもと》ない感じはするが、効果の程は絶大であった。

ウルフ　LV1　状態（麻痺）

痺れ粉のスキルをモロに受けたウルフは立っていることすらままならなくなり、地面に転がりピクピクと体を痙攣《けいれん》させていた。

ほうほう。

思っていた以上に痺れ粉のスキルは強力みたいだな。

特にカプセルボールを投げて魔物を使役する俺とは相性が良さそうである。

相手の魔物を状態異常にしてからカプセルボールを投げ当てることを今後の基本戦術に組み込んでいくことにしよう。

～～～～～～～～～～～～～

「よし。そろそろ日も暮れるし街に戻るとするか」

「流石《さすが》はご主人さまです！　たったの一日でこれほどの素材が集まるものなのですね……」

「ああ。実を言うと俺も今回の結果には驚いている」

そもそも今までゴブリンたちをバラバラで作業させていたのが、間違いだったのかもしれない。

今回の結果から鑑《かんが》みるにゴブリンという種族は、チームでまとまって作業をするときに真価を発揮する種族なのだろう。

「けれども、これだけの素材をどうやって持ち帰りましょうか？　３人で手分けをしても１回では持ち運ぶことが出来ないかもしれません……」

「ああ。それなら大丈夫。心配いらないよ」

俺はカプセルボールを投げると、木の下に山積みになった《薬膳キノコ》は次々に収納されることになる。

「す、凄いです！　カプセルボールにそんな使い方が……⁉」

「いやいや。それほどでも」

キャロライナは毎回、新鮮なリアクションで感心してくれるからテンションが上がるな。

それに引き替えウチの女神さまときたら……。

「ふぎゃぁぁぁ⁉　誰《だれ》か助けてぇぇぇえええええええっ！」

噂をすれば何とやら……。

間違いない。

この声はアフロディーテのものである。

アメーバスラッグ　LV7／10　等級F

レベル　7

生命力　78

筋力値　12

魔力値　32

精神力　25

スキル

なし

声のした方に駆けつけると、巨大なナメクジの魔物がそこにいた。

「あれが……アメーバスラッグか……」

その全長は優に2メートル近くあるだろうか。

シルエットは地球で言うところのナメクジにそっくりなのだが、半透明の透き通った体をしている。

レベルは7。

ステータスに関しても、これまで俺が出会った魔物の中でも最強の数値を有していた。

「ソータ！　だ、だずけ……だずけで……」

涙目になりながらも助けを求めるアフロディーテ。

彼女の体はアメーバスラッグから伸びた半透明の触手によって色々な部分を弄《いじ》られていた。

「この魔物っ！　ヌルヌルしていて凄《すご》く気持ち悪いのぉっ……！」

護衛に付けた魔物たちは、水中から攻撃を繰り出すアメーバスラッグに対してどうすればいいのか分からずに右往左往しているようであった。

「待っていろ！　今助ける！」

俺は目の前の巨大ナメジクに向かってカプセルボールを投げつける。

が、次の瞬間。

予想していなかったことが起こった。

「なにィ⁉」

アメーバスラッグは、体内から伸ばした触手でカプセルボールを弾《はじ》いてしまった。

無敵だったカプセルボールの弱点が露呈《ろてい》した瞬間である。

これまで出会った魔物は、ボールを『弾く』という行動を取ることがなかったので気付かなかった。

当たる・弾かれる、では判定が違うということか。

どうする？

ライトマッシュの痺《しび》れ粉のスキルを使うには、微妙に射程から外れているような気がするんだよなぁ。

「ご主人さま。ここは私に任せてください」

戸惑っている俺に対してキャロライナが声をかける。

「……大丈夫なのか？　敵は池の中にいるけど」

「問題ありません。私の脚力《きゃくりょく》なら十分に届く範囲です。必ずやアフロディーテさんを助けてご覧にいれます」

「おお……。それは心強い！」

たしかにキャロライナの脚力を以てすれば、池の中のアメーバスラッグにも攻撃を与えることが出来るだろう。

一撃でも攻撃が入ればアメーバスラッグには隙が出来る。

その瞬間こそがカプセルボールを当てる最大の好機！

と、俺が心の中で決意をした次の瞬間——。

その事件は起きた。

「ひゃぁんっ！」

突如《とつじょ》としてアフロディーテが桃色の悲鳴を上げる。

何事かと思い目をやると、アメーバスラッグの触手が、アフロディーテのスカートの中にまで伸び始めていた。

「おい。急に変な声を出すなって」

「だ、だってぇ……この魔物が変なところを触ってくるからぁ……」

アフロディーテはモジモジと体をくねらせて身悶《みもだ》えしているようであった。

捕食するのに邪魔だと判断をしたのだろうか？

アメーバスラッグは器用に触手を操《あやつ》ってアフロディーテの服を剝《む》いていく。

「許せねえ。俺の仲間に酷《ひど》いことをしやがって……！」

グッジョブ！

随分と粋《いき》な計らいをしてくれるじゃないか！

「……ご主人さま？」

これはまずい。

口では格好いい台詞《せりふ》を吐きながらも、俺がアフロディーテの姿を凝視していることがバレてしまったんだろう。

キャロライナの眼差しは、露骨に不機嫌そうなものであった。

「……チッ。あの駄《だ》女神……ご主人さまを誑《たぶら》かして」

気のせいかな？

明らかにキャロライナの方から舌打ちの音が聞こえてきたような気がするんですけど……。

それから。

キャロライナはアメーバスラッグとの距離を徐々に縮めていき——。

「申し訳ありません。私も捕まってしまいました……」

無抵抗のまま触手の餌食《えじき》になってしまうことになる。

おい。

お前……わざと攻撃に当たらなかったか？

「きゃうん。こ、この触手……思っていたよりもヌメヌメしていて……っ」


触手攻撃を受けたキャロライナは桃色の悲鳴を上げる。

アメーバスラッグは以前と同じ要領でキャロライナの服を剝いて下着姿にしてしまう。

どうやらミイラ取りがミイラになってしまったらしい。


「ソータ。は、早くアタシのことを助けなさい……！」

「ご主人さま。どうか私のことをお助けくださいっ……！」


結論から言うと——。

キャロライナを捕まえたことで触手によるガードが手薄になっていたのだろう。

強敵アメーバスラッグは、2発目のカプセルボールですんなり捕まえることに成功した。

何はともあれ、眼福《がんぷく》の光景に遭遇することが出来てラッキーだと思いました。

アメーバスラッグ

図鑑NO　708

種族　水族
等級　F

レベル 1

生命力　70
筋力値　5
魔力値　25
精神力　15

スキル

なし

水族の下位種族となるモンスター。10本を超える触手を操り獲物を捕獲する。その体液はローションの原材料になっている。

ライトマッシュ

図鑑NO　731

種族　植物族
等級　G

レベル 1

生命力　20
筋力値　5
魔力値　10
精神力　10

スキル

痺れ粉

植物属の基本種族となるモンスター。相手を麻痺させる胞子による攻撃を得意とする。上位種族になることで使用できる胞子の種類が増える。

第7話
鍛冶屋の少女

我ながら今日の遠征は大収穫であった。

持ち帰った素材の数は優に100個を超えている。

ライトマッシュ　×8
アメーバスラッグ×2

ズマリアの湿地《しっち》に出現する魔物は、ゴブリンのように集団行動を取るわけではないので使役出来た魔物の数は少ない。

けれども。

帰り道に2匹目のアメーバスラッグを捕獲出来たのは良かったな。

1日遠征して2匹しか出会えないとは、なかなかレアな魔物なのではないだろうか。

「こちらがクエスト報酬である76000コルになります」

「……どうも。ありがとうございます」

「いつものことながら凄いですね！　この仕事を始めてから1年以上が経《た》ちますが、連日こんなに多くの素材を集めてくる冒険者の方は初めてですよ！」

受付嬢のクロエちゃんはクリクリとした大きな目を見開いて驚いてくれた。

「ははは。大したことはありませんよ」

舞い上がる気持ちを押さえつつも俺《おれ》はダンディなスマイルを心掛ける。

「ところでどうです？　今夜辺りご一緒に食事でも」

「ああ。そういうのは別にいいです」

「…………」

がーん、だな。

こいつ……俺に気があるんじゃなかったのかよ⁉

いつも「凄い！」と褒《ほ》めてくれるから完全に勘違いしてしまった。

現実でモテないやつは、異世界に行ってもモテないということなのだろうか？

なんとも世知辛《せちがら》い話である。


～～～～～～～～～～～～～～


大量の素材を換金した俺の懐《ふところ》は温かい。

冒険者ギルドから出た俺は以前に訪れた雑貨店にまで足を運んでいた。

「いらっしゃい。ギルド公認雑貨店にようこそ」

店に入るなり俺たちのことを出迎えてくれたのは、オシャレとは無縁そうな小太《こぶと》りの中年男である。

「それでキャロは、どんな武器が欲しいんだ？」

「えーっと。武器とは違うのですが、まずは動きやすい服を頂ければなぁ、と。メイド服のままでは何かと動きづらくて」

「なるほど。まあ、そりゃあそうだよなぁ」

今回のショッピングの目的は装備品の補充である。

これまでは予算の関係で断念してきたのだが――。

魔物使いとしての能力がある俺はともかくとして、アフロディーテとキャロライナには出来る限り良い装備を身に着けていて欲しい。

「あと……。出来ればその……替えの下着を買って頂けるとありがたいです。身に着けている分しか持っていなくて」

「ふむふむ。それは入念に選ぶことにしようか」

キャロライナは森の中で長いこと気を失っていたらしいし、俺と出会ってからも着替えを行った様子はない。

となると、おそらく3日くらいは同じ下着をはきっぱなしなのではないだろうか？

どうして俺はこんな役に立たない計算をしているのだろうか？

「あ。そういうことならアタシも下着を買いたいわ！」

「お前は昨日買ったばかりじゃないのか？」

こいつはどんな下着を選んだのか頑《かたく》なに教えてくれなかったわけだけど。

「馬鹿《ばか》ソータッ！　デリカシーのないことを聞かないでよね！　女の子の下着は何枚あっても足りないものなのよ！」

「……そうですか」

よく分からないが、ここは触れないことにしておこう。

ちなみにアーテルハイドにおける女性用の下着は、現代の日本とほとんど変わらないデザインになっている。

何故《なぜ》か？

その事情について雑貨店の店長から話を聞いてみたところ――。

アーテルハイドには簡単に加工出来るゴムのような素材が存在しているらしく、地球の人類と比較をして、下着文化が古くから発達してきたからなのだとか。

異世界の女の子が最高であることに異論はないのだが、こと下着に関しては馴染《なじ》みのある地球のデザインの方が安心出来る。

三度の飯より美少女のパンツが好きな俺にとっては、アーテルハイドの下着事情は何かと都合の良いものであるらしい。

さてさて。

女子メンバーが下着を選んでいる間に俺は、ゴブリンナイトに持たせる武器を選ぶことにしようか。

現在ゴブリンナイトが持っている武器は、木を削って作ったと思われる棍棒《こんぼう》である。

武器を変えることによって、戦闘能力を飛躍的に伸ばすことが出来るのではないだろうか？

試《ため》してみる価値は十分にあるだろう。

「すいません。武器を探しているのですが、初心者でも扱えるようなのって何かありませんか？」

「ふむ。武器かい。ウチの店でも取り扱っていないことはないんだが……あまりオススメは出来ねーな」

「それはどうしてですか？」

「取扱っている品が少ないっていうのもあるんだが、ウチの店は専門店じゃないからな。武器のメンテナンスまでは出来ないんだよ。

そういう訳で初心者が武器を買うなら専門の店に行った方がいい。専門店で買うなら定期メンテナンスの代金をサービスしてくれる店が多いぜ」

「……なるほど」

なんでもかんでも雑貨店で揃《そろ》えるわけにはいかないらしい。

「よければ俺がセイントベルにある武器屋の場所を教えてやろうか？」

「よろしくお願いします」

こうして俺は店長のエドガーさんに専門店の場所を教えてもらうことにした。

取り急ぎ購入しなければならないのは防具である。

俺は暫《しばら》く雑貨店の中を歩き回り、キャロライナの装備を見繕《みつくろ》うことにした。

レンジャースーツ　等級Ｅ
（動きやすさを追求した衣服）

革のブーツ　等級Ｆ
（頑丈なブーツ。打撃攻撃力が小上昇）

遠征用の衣服が一着と、リクエストに応《こた》えてブーツを一足といった具合である。

「ご主人さま。このように高価な装備を買って頂いてもよいのでしょうか？」

試着室に入って着替えたキャロライナは戸惑いの声を上げていた。

メインとなるレンジャースーツという服の値段は一着9000コル。

日本円にすると1万円くらいだが、この店に置いている服の中では割と高価な品であった。

「構わないさ。キャロは頑張ってくれているしな。これくらいは大した出費ではないよ」

「ありがとうございます！　大切に使わせて頂きます！」

とまあ、恩着せがましく言ったものの、実のところ今回の件は俺個人の勝手な私情である。

キャロライナに選んであげたレンジャースーツは、ミニスカート＋ガーターベルト＋ニーソックスが魅力的なデザインをしていた。

自分のセンスながらクールな雰囲気のキャロライナにはピッタリな一品だと思う。

足技を主体に戦闘するキャロライナには、やはりミニスカートをはかせるのが一番だろう。

「ちょっとソータ。これは一体どういうことかしら？　キャロの服がアタシのより高い気がするんだけど？」

「まあ、そういうなよ。ディーの装備はまた別の機会に買うからさ」

「むぅー。絶対よ！　約束だからね！」

未《いま》だに少し不機嫌な空気を醸《かも》し出しているものの――。

なんとかアフロディーテは納得をしてくれたようである。

初期の頃《ころ》と比べると、随分とアフロディーテも素直になったような気がするな。

〜〜〜〜〜〜〜〜〜〜〜〜〜〜〜〜〜

防具を買った後は武器を揃える番である。

俺はエドガーさんに教えてもらった中でも、最も近場の店を訪れることにした。

「ちょっと。ソータ。あの店はやめておきましょうよ」

「……私も別の店を探した方がいいと思います」

雑貨店から一番近い距離にあった、その店は、女性メンバーが拒絶反応を起こすほどの外観をしていた。

総合武具店【紅《くれない》の双刃《そうじん》】

ボロボロの看板に書かれた文字は、至るところが翳《かす》んでおり、かろうじて読み取ることが出来るかというレベルであった。

「仕方がない。別の店を探そうか。そもそもシャッターが下りているんじゃ中に入ることも出来ないしな」

諦《あきら》めて踵《きびす》を返そうとしたタイミングであった。

シエル・オーテルロッド
種族　ノーム
性別　女
年齢　13

「んっ～。久しぶりに見るお天道《てんと》さまは眩《まぶ》しいッス」


ガラガラと音を立てながら店のシャッターが開けられる。

店の中から現れたのは、身長150センチにも満たない小柄な体軀《たいく》の少女であった。

ノームっていうとRPGでいうところの土属性の精霊だよな？

エルフのように尖《とが》った耳を持っているのはノームという種族の特徴なのだろうか？

ススと油にまみれてはいるが、よくよく目を凝らすと愛くるしい顔立ちをしていることが分かる。

アフロディーテやキャロナイナと違ったタイプの美少女であった。

「あ。どもども。お客さんッスか？」

その少女は俺の姿に気付くなり友好的な笑顔を浮かべる。

「もしかしてキミが……この店を切り盛りしているのか？」

「その通りッス。本日はどのような武器をお探しで？　立て込んでいた仕事が終わったところですしサービスしますよー」

シエルという少女は俺の後ろにいるアフロディーテとキャロライナの方に視線をやると、クワッと目を見開く。

「ちょっと！　冒険者さん！　そこにいる女の人たちは冒険者さんのお連れッスか⁉」

「ああ。まあ、そういうことになるのかな」

「いや〜。ビックリしました。自分、こんなに綺麗《きれい》な人たちは初めて見ました。とんでもない美人さんッスね！」

シエルはアフロディーテ&キャロライナの姿を見て半ばオーバーとも言えるリアクションを取る。

「よし決めた。ソータ。今日はこの店で武器を買うわよ！」

「え？　でもお前さっき別の店を探そうって言ってなかったか？」

「そんな昔のことは忘れたわ！　初対面で最初にアタシの美しさに驚くなんて……なかなか見

所のある子じゃない。きっと鍛冶屋としての腕も確かなものに違いないわ！」

「………」

いや、その二つは別に関係ないだろう。

まったく……少し褒められたくらいで掌《てのひら》を返しやがって……。

〜〜〜〜〜〜〜〜〜〜〜〜〜〜〜〜

シエルの切り盛りする武器屋は、外装こそボロかったが中に入ると意外なことに整然としていた。

剣、槍《やり》、斧《おの》、弓、果てはヌンチャクに至るまで——。

流石《さすが》に専門店ということもあって取り扱っている武器の種類は、雑貨店とは比較にならないくらいに豊富であった。

さてさて。

一体何を選べばよいのやら。

こうも選択肢が多いと逆に判断に困るな……。

「ええと。もしかすると冒険者さんは、あまり武器を使い慣れていない感じなんスかね？　初心者さんにオススメ出来るのはこの辺りッス」

店の品をキョロキョロと眺める俺に気を利《き》かせてくれたのだろう。

シエルは店の中でも比較的リーズナブルな武器が置かれているエリアを指さしてくれた。

「えーっと。実を言うと武器を使うのは俺じゃなくてだな……」

「？　それはどういうことッスか？」

こういうのは口で説明をするより実際に見せた方がいいだろう。

俺はカプセルボールの中からゴブリンナイトを召喚して見せた。

「こいつに見合った武器を教えて欲しいんだ」

ゴブリンナイトの姿を見たシエルは難しい顔をして頬《ほお》を掻《か》く。

「うーむ。なるほど冒険者さんは魔物使いだったんスね。しかし、困りました。生憎《あいにく》と自分は魔物に武器を選んだ経験はないんスよ」

「……そうなのか。俺の他《ほか》に魔物使いの客っていうのは来ないのか？」

「いやー。来るには来るんスけど、魔物用に武器を買われる人は稀《まれ》ッスね。そもそも武器を使うことの出来る魔物自体、数が限られていますから」

「そうだったのか」

たしかに過去に俺が出会った中でも武器を装備出来る魔物は、ゴブリンナイトだけである。

セイントベルの街で労働力として働いているゴブリンは以前に見かけたことがあるのだが、その進化系であるゴブリンエリートは何処《どこ》にもいなかった。

魔物配合のスキルを持っていない限り、武器を扱うことが出来るゴブリンナイトのような強力な魔物を使役するのは難しいことなのかもしれない。

「とりあえず一通りの種類を試《ため》してみたいから、安く買うことの出来る武器を並べてみてくれないか？」

「了解ッス！　そういうことなら色々と持ってきますね！」

それから5分後。

ブロンズソード　等級Ｆ　価格６０００コル
（駆け出しの冒険者が好んで使用する銅の剣）

ブロンズランス　等級Ｆ　価格６０００コル
（駆け出しの冒険者が好んで使用する銅の槍）

ブロンズメイス　等級Ｆ　価格５０００コル
（駆け出しの冒険者が好んで使用する銅の戦棍）

ラウンドシールド　等級F　価格3000コル
（軽くて使いやすい木製の盾《たて》）

シエルは店の中から適当な武器を見繕って俺の前に並べてくれた。

どうやら等級Fランクのブロンズシリーズが一番安く買うことの出来る武器らしい。

ものは試しにゴブリンナイトに装備させてみる。


「おおぉ……」


右手にブロンズソード、左手にラウンドシールドを手にしたゴブリンナイトは、『ナイト』という名前に相応《ふさわ》しい風貌《ふうぼう》になっていた。

装備前とは威圧感が違う！

手持ちのゴブリンナイト全員に装備を揃えれば、強力無比な騎士部隊を結成することが出来るに違いない。

「ちなみに武器のメンテナンスは無償でやっていますよ！　切れ味が落ちてきたらウチの店に

持ってきてください。サービスするッスよ！」


値段も手頃に感じるし、この店に決めてしまっても構わないだろう。

そう判断した俺は、ブロンズシリーズの武器をそれぞれ一つ＆ラウンドシールドを三つ購入することにした。

まずはゴブリンナイトと相性の良い装備を探すことから始めてみよう。

明日からの遠征が楽しみである。

第8話
乱れ粉

宿に戻った俺《おれ》はステータス画面を開くことにした。

カゼハヤ・ソータ

職業 魔物使い

レベル 569

生命力　258
筋力値　96
魔力値　205
精神力　2958

加　護

絶対支配

スキル

カプセルボール
鑑定眼
魔物配合
コンタクト

使　役

アフロディーテ
キャロライナ・バートン
ワーウルフ
ゴブリンナイト ×15
ウルフ ×4
ライトマッシュ ×8
アメーバスラッグ ×2

相変わらずピクリとも上がらないレベルについては置いておくとして、新たなスキルが追加されていた。

コンタクト　等級Ｄ　パッシブ
（使役した魔物との思念会話を可能とするスキル。有効範囲は使用者から半径50メートル以内

まで）

取得条件

・精神力１００以上

・使役した魔物にスキルを使用させること

所謂《いわゆる》、テレパシーのようなものなのだろうか？

説明文に書いてあることがたしかならば、かなり便利なスキルのように思える。

試しに俺はアフロディーテとキャロライナに向かって、コンタクトのスキルを使用してみることにする。

（あー。あー。現在、新しいスキルのテスト中。テレパシーのスキルを覚えたみたいなんだが、聞こえていたら心の中で返事をしてくれ）

俺がコンタクトのスキルを使った次の瞬間。

ベッドの上でくつろいでいる二人の体がピクンと反応したのが分かった。

（え？　ウソ？　この頭の中に聞こえてくる言葉ってソータが送ってきているの？）
（感激しました！　これで24時間、ご主人さまと会話することが出来るのですね！）

メッセージを受信したアフロディーテとキャロライナは、驚きながらも新スキルに対して感動を覚えているようであった。

それから。

暫《しば》く俺はコンタクトのスキルについて検証を重ねることにした。

やはりというか、なんというか……。

このスキルは第一印象の通りに便利なものであった。

注意点としては、あくまで俺を経由しなければコンタクトのスキルは使えないということくらいだろうか。

要するに魔物同士、あるいはアフロディーテからキャロライナといった組み合わせでは使用することは出来ないらしい。

けれども。

それを考慮しても非常に有用なスキルであることは間違いない。

特にカプセルボールの中にいてもコンタクトのスキルを利用出来るのが大きい。

ボールの中にいる彼女たちの立場からすれば、いつでも好きなタイミングで召喚の催促が可能になったのは大きな利点だろう。
コンタクトの検証が終わった後は魔物同士の配合の時間である。
なまじ収穫の多い遠征であったが故に、今晩はやるべきことが山積みであった。
俺は《魔物配合》のスキルを利用して、進化させることが可能な組み合わせを探することにする。
それから10分後。
どうやら新しく進化が可能な魔物は左記の1種類だけらしい。

マッドマッシュ

図鑑NO　732

種族　植物族
等級　D

レベル 1

生命力　35
筋力値　10
魔力値　25
精神力　25

スキル

痺れ粉
乱れ粉

進化条件

ライトマッシュ
×
アメーバスラッグ

植物属の下位種族となるモンスター。相手を発情される胞子による攻撃を得意とする。その胞子は媚薬の材料として高値で取引されることがある。

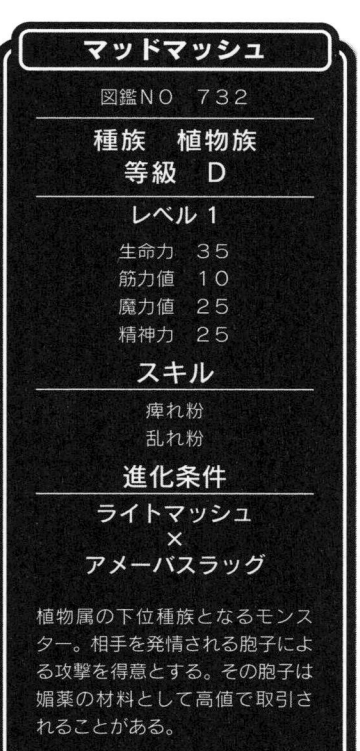

マッドマッシュは、ライトマッシュにアメーバスラッグを加えることによって作ることが出来るモンスターのようである。

スキルには新たに乱れ粉の項目が追加されていた。

乱れ粉　等級D
（遠距離・範囲攻撃。特定の相手を発情状態にするスキル）

ふむふむ。なるほど。

発情状態……そういうのもあるのか！

このスキルについては迅速な検証作業が必要みたいだな。

俺は魔物配合のスキルによってマッドマッシュを作成すると、部屋の中に召喚することにした。


「ノコッ！　ノコノコッ！」

マッドマッシュはライトマッシュの2Pカラーのようなモンスターであった。

色が黄からピンクに変化している以外はこれといって外見的な違いは見られない。

「あ！　ソータ！　また新しいモンスターを作ったのね」

召喚したばかりのモンスターを発見したアフロディーテは、興味津々といった様子でマッドマッシュに近づいていく。

「それにしても便利よね～。魔物配合のスキルって。このスキルさえあれば強い魔物を作り放題！　つまり魔王を討伐《とうばつ》してアタシが天界に帰れる日も遠くないわね！」

風呂《ふろ》上りのバスローブ姿のアフロディーテは、無防備にもマッドマッシュの体をツンツンと指の先でつついていた。

スキルの効果を検証するには今が絶好のタイミング！

（マッドマッシュ！　乱れ粉だ！）

ふふふ。

凄《すご》いことに気付いてしまった！

コンタクトのスキルを使用することでアフロディーテの側からでは、俺がマッドマッシュに命令を下したことが分からなくなる。

つまりそれが何を意味するのかと言うと……。

コンタクト&乱れ粉のコンボを用いることで、完全犯罪のセクハラが成立するのである！

俺の命令を受けたマッドマッシュはキノコ傘《がさ》からピンク色の粒子を飛ばす。


「ちょ⁉　なんなのよ！　この粉は⁉」

「ぬおっ！　この胞子《ほうし》……俺の方にまで……！」


迂闊《うかつ》だった。

どうやらマッドマッシュの持っていた乱れ粉のスキルは、痺《しび》れ粉よりも攻撃範囲が格段に広いものであったらしい。

部屋の中はピンク色の胞子で充満していくことになり――。

結果として、俺は鼻から胞子を吸い込んでしまうことになる。


「あれ……。なんだか……体が熱く……」


最初に異変が起きたのは、アフロディーテであった。

乱れ粉のスキルを至近距離で受けたアフロディーテは、ポワポワとした蕩《とろ》けた表情になる。

「……ソータ。アタシの体……何か変だわ」

アフロディーテは羽織っていたバスローブを脱ぎ捨てて下着姿になる。

こ、これが発情状態の効果なのか⁉

俺の方も体がおかしい。

強力な栄養ドリンクを口にしたときみたいに体がポカポカとしてきて、アフロディーテの体が段々とエロく見えてくる。

いや。

冷静に考えると、アフロディーテの体がエロいのは元からなわけだが……。

「お願い。ソータ……。少しの間だけジッとしていて……」

アフロディーテは息遣いを荒くしながら俺の体をベッドの上に押し倒す。

吐息が触れるくらいに顔が近い。

やがて、アフロディーテはゆっくりと唇を俺の顔に近づけてきて――。

「……何をやっているんですか？　アフロディーテさん」

殺気の籠《こも》った声が聞こえたかと思うと、アフロディーテの頭上には大量の冷水が注《そそ》がれた。

「冷たっ⁉」

「これで目が覚めましたか？」

「ハッ。アタシったら一体何を……？」

冷水を受けたアフロディーテはハッと我に返って周囲の様子を窺《うかが》っていた。

「ち、ちょっとソータッ！　こっちを見ないでよね！」

下着姿で俺の体に跨《また》がっていたことに気付いたアフロディーテは、ベッドの上から跳ね上がり手足を使って体を隠す。

「……これは違うのよっ！　魔が差したというかなんというか……とにかくアタシはソータのことなんか、これっぽっっっっちも好きじゃないんだから！　変な思い上がりはしないでよねっ！」

そんな捨て台詞《ぜりふ》を口にしたアフロディーテは、慌《あわ》ただしい様子で浴室に駆け込んでいく。

キャロライナは俺たちの一連のやり取りに対して、冷めた目線を送っていた。

（あの雌猫《めすねこ》が……。私の魔王さまに色目を使いやがって……！　殺す。殺す殺す殺す殺す殺す）

「……えーっと。あの。キャロライナさん？」

「はい。なんでしょうか。ご主人様」

（いけません。私としたことが……感情を抑えなければ……）

とびきりの美少女スマイルを浮かべながらもキャロライナは振り返る。

なんということだろう。

どうやら俺がコンタクトのスキルを取得したことにより、キャロライナから漏《も》れた思考の一部が聞こえるようになっているらしい。

それにしてもキャロライナは、どうして俺のことを魔王さまと呼んでいたのだろうか？

「……えーっと。それにしてもマッドマッシュのスキルに冷たい水が有効なんてよく知っていたな」

「はい。以前、私の住んでいた村にも時々マッドマッシュが出現したことがあったので、対応策は熟知していました」

「そ、そうなんだ。参考になるよ」

「ところでソータさま。今後、スキルの検証作業をする際は、私のことを使っては頂けませんか？　私ならアフロディーテさんと違って、どんな恥ずかしいことがあっても逃げ出したりしませんので」

「…………」

コンタクトのスキルを使ったにもかかわらず――。

俺が命令を下してマッドマッシュにスキルを使わせたことは、キャロライナにバレバレだったらしい。

「……ああ。考えておくよ」

何故《なぜ》だろう。

少し前の俺だったら飛び上がって喜びそうな台詞であったが、今は素直に喜ぶことが出来ない。

キャロライナの腹黒い本性を知ってしまった俺は、暫くの間。

寝付けない夜を過ごすのであった。

第9話
ドラゴン退治

翌日。

冒険者ギルドに赴くと、掲示板の前には謎《なぞ》の人だかりが出来ていた。


「おいおい。とんでもない依頼が舞い込んできたもんだな」

「聞いたぞ。森にドラゴンが出現したんだってな」

「……お前。受けてみろよ？」

「冗談だろ？　どんな大金を積まれたって御免《ごめん》だね。命あっての物種さ」


ドラゴン？

一体なんの話だろう？

人ごみを掻《か》き分けて掲示板の内容を確認してみる。

すると、そこには――。

☆緊急クエスト

●鳥竜の討伐

必要R　：G
成功条件：カスールの森に出現したコカトリスを1体討伐
成功報酬：300万コル
繰り返し：不可

どうやら男たちが話題にしているのは、新規に追加された『鳥竜の討伐』の依頼であるらしい。

どれどれ。

面白そうだしクロエちゃんに話を聞いてみようかな。

「すいません。新しく追加された鳥竜の討伐クエストなのですが……もう少し詳しく話を聞かせてもらってもいいですか？」

「はい。今回の討伐対象になっていますコカトリスという魔物は、極めて危険性の高い肉食系のドラゴンになっておりまして、口から灼熱を吐き出すブレス攻撃を得意としています。こちらはつい先日、カスールの森の目撃情報を元に新しく追加させて頂いた依頼になっています」

「……なるほど。了解しました」

コカトリスというと、口から吹きかける息で人間を石にするモンスターというイメージがある。

話を聞く限りでは、この世界のコカトリスは火を吐くだけで人間を石にしたりはしないようだが――。

それでも強力なモンスターであることには変わりがないだろう。

何かとリスクの高そうな依頼ではあるが、成功報酬の３００万コルはたしかに破格である。

危険を冒《おか》してでも挑んでみる価値はあるかもしれない。

「ソータ！　それでドラゴン退治のクエストを受けるかどうかは決めたのかしら？」

「うーん。それなんだけど暫《しばら》くは保留にしておくつもりでいるよ」

「……あら？　どうして？　成功報酬が３００万コルもあるのよ⁉　一攫千金《いっかくせんきん》のチャンスじゃない！」

「こういうのは大抵の場合、リターンとリスクはセットになっているんだよ。報酬に３００万コルもの金額を出すってことはコカトリスっていうドラゴンがそれだけ危険な依頼ってことだろう？」

真剣な口調で説得を試みると、アフロディーテはジト目になる。

「女神であるアタシにカプセルボールを投げつけておいてよく言うわ……。ソータって変なところで保守的というか堅実《けんじつ》なのね」

「放っておいてくれ！　俺《おれ》はＲＰＧでは十分にレベル上げをしてからでないと、次のマップに行かないタイプなんだよ！　リアルで命を落とすかもしれない異世界では、慎重過ぎるくらいのスタンスでいくのが丁度いいだろう。

「コカトリスというと小さな村一つなら簡単に焼き払ってしまうことで有名な、凶悪なモンスターですね。並みの冒険者では、十人が束《たば》になっても歯が立たないといわれています」

「ほら。キャロもこう言っているし。ここは堅実にいこうぜ」

「まあ、そういうことなら別に構わないけど。ソータがこんな調子だと魔王を倒せる日が随分と先になりそうね……」

あくまで堅実なプレイに徹する俺の発言を受けたアフロディーテは、小さく溜息《ためいき》を吐《つ》くのであった。

～～～～～～～～～～～～～～

「痛いッス！　自分が何をしたって言うんスか！」

「大人しくしろ！　このチビ女っ！」

本日の日銭を稼《かせ》ぐためにズマリアの湿地《しっち》に向かって歩いていると、何やら街の中から穏やかではない会話が聞こえてきた。

総合武具店【紅《くれない》の双刃《そうじん》】

声のした方に目をやると、そこにあったのはやたらと見覚えのある店であった。

セイントベルの街で武器店を営んでいる少女、シエルは人相の悪いモヒカンの男に絡《から》まれていた。

「おらっ！　とっとと外に出ろよ！　ウチの商会でじっくりと話をしようや」

「……うぐっ。ぼ、暴力は反対ッス！」

モヒカンの男はシエルの髪の毛を摑《つか》んで強引《ごういん》に店から引きずり出す。

シエルの目は恐怖で怯《おび》えているかのように見える。

おいおい。

幼い少女が助けを求めているのに見て見ない振りかよ⁉

この世界の治安レベルは一体どうなっているんだろうか……。

「ディーとキャロはボールの中で待機していてくれるか？　何か面倒なことになりそうだし」

「了解～」

「承知しました」


俺は二人をボールの中に戻すと、モヒカンの男の方に向かって歩く。

「すいません。何かあったんですか？」

「ああん？　なんだお前は？」

「ソ、ソータさん⁉」

どうして自分の名前を知っているのだろう？

などと疑問に思ったのだが、よくよく考えてみれば、シエルの店で武器を購入する際に会員カードなるものを作っていたことを思い出す。

「悪いけど、これは俺たちの問題なんでね。部外者は引っ込んでいろよ」

「まあまあ。そう言わずに。何があったのかくらいは教えてくれてもいいじゃないですか」

ここで事を荒げても事態を悪化させてしまうだけだろう。

俺はなるべく相手の機嫌を損ねないよう下手に出ながら尋ねてみる。

「別に俺は何もやましいことはしてないぜ？　貸した金を回収する仕事をしているだけさ。ちなみにこれがその借用書。その女の死んだ父親は、俺から３００万コルもの大金を借りたまま蒸発したんでね」

「なるほど。しかし、そんな大金を急に用意するのは難しいのでは？」

「ああ。だから俺は、早いところそこにあるボロ店を売り払って資金を集めるように忠告していたんだわ」

「こ、この店は自分の師匠が残してくれた店ッス！　簡単に他人に明け渡すわけにはいかないッス！」

13歳という年齢で店を切り盛りしていることからも、何か訳ありなのだろうと考えていたのだが――。

シエルの方にも並々ならない事情があったのだろう。

「……という訳だ。金が用意出来ないなら仕方ねえ。この女を奴隷にして体で返してもらうことにしたのさ」

「借金は毎月、分割払いで返済しているはずッスよ！　どうして今になって急に取り立てを厳しくするんスか⁉」

「うるせえっ！　こっちにも色々と事情があるんだよ。全《まった》くやってられねえぜ。貴族に売って大金を得る予定だった高級奴隷を逃しちまってウチの部署のノルマが跳ね上がっちまうしよ。……ったく。こんなクソ忙しい時期なのにバクラジャ様は何処《どこ》に行ってしまったんだか」

「…………」

モヒカン男は苦々《にがにが》しく愚痴《ぐち》を零《こぼ》す。

男の言葉を聞いた俺は大まかにだが、今回のトラブルの原因について理解した。

男たちの店がキャロライナを売ることで得るはずだった利益が宙に浮いてしまったことで、そのしわ寄せをシエルが被《かぶ》るハメになってしまったらしい。

どう考えてもこれは……俺の方にも責任がありそうだ。

だってそうだろう？

もとをただすと、俺がキャロライナのことをカプセルボールでゲットしなければ今回のトラブルは起こらなかったわけだからな。

「あの。その借金なんですけど……俺が肩代わりして払うわけにはいかないですかね？」

「ソ、ソータさん⁉」

突然の提案を耳にしたシエルは、目を見開いて驚いていた。

「……ハンッ。笑わせるな。そんな貧乏臭《くさ》い装備をした冒険者に何が出来るんだよ？」

たしかに普通に依頼をこなしていては、短期間で３００万コルもの大金を用意するのは不可能だろう。

けれども、一つだけ方法がある。

幸か不幸か俺は、その大金を手にする方法をついさっき知ったばかりであった。

「3日ほど待ってください。必ず300万コルを用意してみせますから」

「バカがっ！　話にならねえな。待ったところで俺たちになんの得がある。お前の何を信用しろっていうんだよ」

「まあまあ。そう言わずに。騙《だま》されたと思って」

俺はポケットの中から取り出した金貨をモヒカン男の掌《てのひら》に握らせた。

「これは前金です。もし俺が約束を破って逃げるようなら返さなくて結構です」

賄賂《わいろ》を与えた途端、男の頬《ほお》が急激に緩んでいくのが分かった。

「……ハッ。面白《おもしれ》え。そこまで言うのなら少しだけ待ってやるよ。まあ、待ったところで何も変わらないだろうけどな」


金貨を受け取ったモヒカン男は機嫌を良くしてシエルの店を後にする。

さて。

今日の遠征だが、どうやら行先を変える必要が生じてしまったようである。

目指すはカスールの森……ドラゴン退治で一攫千金だ！


～～～～～～～～～～～～～

それから。

1時間ほど歩いたところで、カスールの森に到着した。

「無理ッスよ！　この人数でコカトリスを討伐するなんて……不可能ッス！」

300万コルを返済する方法について話すと、シエルは顔色を青くして反対の意見を唱えた。

「コカトリスといったら、自分たち鍛冶屋の間では有名な魔物ッス！　このドラゴンが持っている強固なウロコは、王国の騎士が使う高級防具の材料として使われることがありますから。けども！　コカトリスは、熟練の冒険者たちが束になってかかっても返り討《う》ちにされるような魔物ッスよ⁉」

「……そう思うなら街で待っていればよかったのに」

「そういうわけにもいかないでしょうに！　これは自分と、自分の師匠の問題ですから。他人を巻き込んだ挙句に怪我《けが》をさせたら師匠に顔向け出来ないッス！」

「……なあ。さっきも思ったんだけど、どうしてシエルは一人で店を切り盛りしているんだ？その師匠っていうのは今、何処にいるんだよ？」

借金を残したまま店の仕事をシエルに押し付けて蒸発したのなら、こんなに酷《ひど》い話はない。

「それは……正直なところ自分にも分からないッス。師匠は凄腕《すごうで》の鍛冶屋であるのと同時に凄腕の冒険者でもありました。２年前……魔族の討伐に向かったっきり音信不通の日々が続いています」

「そうだったのか……」

これ以上の追及は、ヤブの中からヘビを出してしまう気がするのでやめておく。

彼女には彼女なりの事情があるのだろう。

「シエルが心配するのは分かった。けど、大丈夫だ！　こう見えて実は俺、超強いからな！

ドラゴンなんかには負けねえよ」

「えーっと……。なんというか……その、本当に大丈夫なんスか？　こういう言い方は失礼かもしれないですが……とてもそうは見えないッスけど……」

「…………」

グハッ！

やはり俺は強そうに見えないのか……。

こう見えてステータスの数値は、それなりに高かったりするんだけどな。

自覚はしていたが、改めて女の子に言われると傷つくわ。

「シエルちゃんの言うことはもっともだわ！　外見だけで判断すると、ソータったら全く頼りにならなそうだもの！　けれども、安心するといいわ。ソータにはこの愛と美の女神……アフロディーテが味方についているのですから！」

たわわに実った胸を張ってアフロディーテは、フフンと鼻を鳴らす。

「アフロディーテって……。まさかオリュンポスの十二神の⁉　いやいや、まさかそんなはずないッス。いくら自分が田舎者《いなか》でも、こんなミエミエの嘘《うそ》には引っ掛からないッスよ！」

キャロライナのときも思ったのだが、この世界におけるアフロディーテの知名度には凄《すさ》まじいものがあるな。

「ふーん。信じられないというなら証拠を見せてあげるわ。どれどれ。へ〜。なるほどねぇ。スリーサイズは上から86 58 83。もしかしてシエルちゃんは脱ぐと凄《すご》いタイプ？　身長の割にナイスバディなのね」

「なっ。ななな⁉　何処でその情報を⁉」

「ふふふ。神族だけが保有することを許される『神眼』のスキルを保持するアタシにかかれば、なんでもお見通しよ。

パンツの色は白なのね。同じ女性としてアドバイスすると、もう少し色気のある下着を身に着けた方がいいわよ？」

「ストップです！　信じます！　信じますからぁ！　それ以上、ソータさんの前で自分の情報を話さないで欲しいッス！」

シエルは涙目になりながらも全力でアフロディーテの口を封じにかかる。

「つーか、お前。地上に降りて来たときにかかった『呪《のろ》い』の効果で有効なスキルは使えなかったんじゃなかったのかよ」

「たしかに言ったわ。けれども、こうも言ったでしょ？　カプセルボールのヒーリング効果には『呪い』を癒《い》やす力があるのよ。実を言うと、この神眼のスキルはさっき戻ったばかりなのよね～」

ぐぬぬ！

スリーサイズに加えて、相手のパンツの色すらも見抜く《神眼》のスキル。

なんて羨《うらや》まし過ぎる能力なのだろう。

「神眼のスキルはソータの持っている《鑑定眼》を強化した感じの効果を持っているの。もしアタシのスキルを使いたくなったら、『アフロディーテ様。どうかその力を貸してください』と頼みながらアタシの靴の裏をペロペロ舐《な》めるのなら考えてあげないこともないわよ？」

「……そうか。まあ機会があったらな」

クソッ！

本音を言うと今すぐにアフロディーテの前で土下座《どげざ》をしたい。

そして是非とも街を歩く美少女たちのパンツの色を片《かた》っ端《ぱし》から教えて欲しい。

けれども。

そんなことを頼めば、周囲の女性陣からドン引きされる未来が目に見えている。

「……ご主人さま。ちなみに私のパンツは黒ですよ？」

神眼のスキルが羨まし過ぎて嫉妬で狂いそうになったところ——。

気を利《き》かせたキャロライナが後でこっそりと、パンツの色を教えてくれた。

彼女の優しさに助けられた俺は、なんとか一線を踏みとどまることに成功する。

「ところでソータ。今日の遠征は分かれて行動しないの？」

「ああ。どんなタイミングでコカトリスに遭遇するか分からないからな」

今回の遠征は今までのものとは危険度が違う。

目的となる魔物、コカトリスは１匹当たりの討伐報酬に３００万コルが設定されるほどの強敵である。

バラバラになって探した方が効率が良いのは確かだが、初参加のシエルもいることだし、それは最後の手段にしておこう。

俺はボディーガードの役割を兼ねた3匹のゴブリンナイトを召喚する。

「「「ゴブッッ！　ゴブッッ！」」」

現時点における俺の最強の戦力はDランクのワーウルフであるが、こいつに関しては「いざ！」という時のために温存しておこうと思う。

まずは3体のゴブリンナイトたちに購入したばかりの盾《たて》と武器を装着させることにする。

ゴブリンナイト　LV1（使役中）

右手　ブロンズソード

左手　ラウンドシールド

ゴブリンナイト　LV1（使役中）

右手　ブロンズランス
左手　ラウンドシールド

ゴブリンナイト　ＬＶ１（使役中）

右手　ブロンズメイス
左手　ラウンドシールド

盾と武器を装備させてみると、ゴブリンナイトたちの風貌《ふうぼう》は更に頼もしい雰囲気になっていた。

「おおー。自分が作った武器を持っている魔物を見ると変な感じッスね！」

シエルは興奮した面持《おもも》ちで熱心にゴブリンナイトたちの様子を観察していた。

さてさて。

せっかく普段とは違うエリアにまで足を運んだのである。

コカトリスの捜索をしながらもゴブリンナイトたちの戦闘能力テストを行っていくことにしよう。

そう判断した俺は鬱蒼《うっそう》と木々が生《お》い茂《しげ》る獣道を進むことにした。

～～～～～～～～～～～～～～

暫く歩いていると、魔物とエンカウントする。

「ガウッ！　ガウッ！」

敵の数は７体。
戦い慣れたウルフであるが、一度にこれだけの数を相手にするのは初めてである。
普段なら迷わずカプセルボールを投げて捕獲をしているパターンであるが、今回はゴブリンナイトを使って倒してみることにする。

（いけ！　ゴブリンナイトたち！）

コンタクトのスキルを使って命令すると、３匹のゴブリンナイトはそれぞれの武器を携えて突進していく。
やはり武器を持たせてみたのは正解だったようだ。

ゴブリンナイトたちは、手にした武器を振り回して次々にウルフの群れを蹴《け》散らしていく。

「よし。そこまでだ。後はもう下がっていていいぞ」

「「「ゴブッッ！」」」

ウルフたちが頭を潰《つぶ》されて肉塊に変わるまで、長くの時間はかからなかった。

一つ気になった点を挙げるのならば、持たせた武器によってゴブリンナイトがウルフを殲滅《せんめつ》するまでにかかる時間が大きく変わるということである。

ブロンズメイスを持たせたゴブリンナイトは1回か2回の攻撃でウルフを無力化していったのに対して、ブロンズソード&ブロンズランスで倒すのには時間がかかった。

武器性能にはそれほど違いがあるとは思えない。

……となると、何か相性が関係しているのだろうか？

「ガウッ……ガウッ……」

「……あれ。1匹生き残りがいたか」

相性の悪い武器では、とどめを刺しきれなかったのだろう。

ウルフの1匹は額から血を流しながら呻《うめ》き声を漏《も》らしていた。

「ご主人さま。よろしければ……そこにいる生きたウルフを私に頂けないでしょうか？」

「構わないが、何に使うんだ？」

「私たち吸血鬼は、定期的に動物の血液を摂取しなければ生きていけない性質を持っています。中でも生きたままの狼《おおかみ》族の血液は、私たちにとって非常に栄養価の高い食糧になるのです」

「なるほど。ならここにあるウルフは好きに使っていいぞ」

「ありがとうございます。ご主人さま」

「…………」

「…………」

「えーっと。飲まないのか？」

「……いえ。その、血液を採取している姿を誰《だれ》かに見られるのは恥ずかしいので……。暫くの間、後ろを向いて頂けると助かります」

「そ、そうだったのか」

キャロライナは頰を赤くしながらも何処かモジモジとした様子であった。

触手で攻められる姿を見られるのは大丈夫なのに、食事をしている姿を見られるのはダメなのか……。

キャロライナの恥ずかしいの基準はいまいち分からないな。

ともあれキャロライナが見られたくないと言うのであれば仕方があるまい。
恥じらうキャロライナを背にして、俺が後ろを向こうとしたタイミングであった。

「ご主人さま！　上ですっ！」

突如《とつじょ》としてキャロライナが驚愕《きょうがく》と焦燥の混じった声を漏らす。
言われた通りに見上げると、そこには全長3メートルにも達するドラゴンが、今まさに空から地面を目掛けて降りてくる最中であった。

コカトリス　等級B　LV24／30

生命力　328
筋力値　222
魔力値　415
精神力　153

スキル

ファイアブレス

鑑定眼のスキルによると敵モンスターの等級はＢ！
ステータスを確認したところ全《すべ》ての値が異常なまでに高かった。
コカトリスに比べると、これまで出会った魔物が雑魚《ざこ》にしか見えない。

「グギャアアアアアアス！」

コカトリスはけたたましい咆哮《ほうこう》しながらも、大きく顎《あご》を開く。
すると、次の瞬間。
口の中から灼熱のブレスを吐き出した。

「……おっとっ」

危険を察知した俺は、すかさずアフロディーテとキャロライナをボールの中に戻して相手の攻撃を回避する。

「ふぎゃああ⁉　何をするッスか⁉」

護衛にしていた3匹のゴブリンナイトには、シエルを安全な場所にまで運ぶように命令をした。

「くらえっ。一撃必殺！」

相手のステータスがどんなに高くてもボールを当てることさえ出来れば関係ない。
俺は一発逆転を狙《ねら》ってコカトリスに向かってボールを投げつける。
が、しかし。
コカトリスは大きな翼で風を起こして俺の投げたカプセルボールを弾《はじ》き返してしまう。
(ちょっと！　ソータ！　無理はしないでよ！)
(ご主人さま。ここは引いた方が賢明だと思います)
コンタクトのスキルを使った二人は、ボールの中から俺に対してアドバイスを飛ばす。
いや、俺だって出来ることならそうしている。

けれども。

このモンスターを相手に背を向けて逃げるというのは、逆に命を投げ捨てるような行為に思えてならなかった。

俺とコカトリスの睨《にら》み合いの攻防が続く。

投げたボールは既に手の中に戻しているので、こちらから仕掛けることは可能だが、仮に攻撃を外してしまうと致命的な隙《すき》を生んでしまう。

それから少しの時間が過ぎ――。

先に視線を逸《そ》らしたのはコカトリスの方であった。

コカトリスは突如として地面に転がる生きているウルフを咥《くわ》えると、大空に飛び立っていく。

その間、僅《わず》か2秒は切るかという早技であった。


「……た、助かった」


どうやらコカトリスの狙いは、最初からゴブリンナイトが倒したウルフにあったらしい。

しかし、これは弱ったな。

あのモンスターをどうにかしないことにはシエルを救うことは出来ないわけだが、いかんせん戦力が違い過ぎる。

どうにかして奴《やつ》に一矢《いっし》報いる方法はないものか……。

「……悪いな。キャロライナに渡す予定だった食糧は奪われちまったみたいだ」

「いえ。お気になさらずに。それよりご主人さま。何処かお怪我はございませんか？」

「ああ。なんとかな」

強いていうなら最初の炎を避けたときに掠《かす》り傷が出来たが、これくらいの傷ならば放っておいても治るだろう。

「無礼を承知でお尋ねします。ご主人さまの腕からは、まだ新しい血の匂いがします。おそらく左腕の辺りを擦《す》りむいたのではないでしょうか？　よろしければ傷の手当をさせて頂けませんか？」

「……参ったな。キャロにはなんでもお見通しだな」

俺が服の袖《そで》を捲《まく》って傷口を見せると、キャロライナは包帯代わりにハンカチを破って応急手当を施《ほどこ》してくれた。

「大したことではありませんよ。吸血鬼は代々、血の匂いに敏感なのです」

キャロライナの言葉を聞いた俺は、そこで一つのアイデアを閃《ひらめ》くことになる。

「なあ。キャロ。血の匂いに敏感ならさっきコカトリスに取られたウルフの臭《にお》いを辿《たど》ることも出来るのか？」

「……そうですね。臭いは完全に覚えていますし、不可能ではないと思いますよ。新鮮な血の匂いなら、200メートル離れたところからでも嗅《か》ぎ分けることが出来ると思います」

今回の依頼で俺が最も懸念《けねん》していたのは、どうやってターゲットとなるコカトリスを発見するかということであった。

ターゲットの位置情報についての手掛かりを得ることが出来れば、コカトリス討伐《とうばつ》にグッと近づけるのは間違いないだろう。

「ありがとう。やっぱりキャロを仲間にしたのは正解だったなぁ」

この時点で俺は、コカトリスを倒す作戦について大まかなビジョンを描くことに成功していた。

けれども。

今回の作戦を成功させるにはもう一人、どうしても協力を仰《あお》がなければならない人物がいた。

「あ～あ。どっかの女神さまもキャロくらい役に立ってくれればよかったのに」

俺は溜息を吐きながらも、アフロディーテを挑発するような言葉を口にする。

「はぁ!? ちょっとソータ！　今の言葉は聞き捨てならないわよ！」

バカにするような言い方が癪《しゃく》に障ったのだろう。

アフロディーテは、たわわに実った二つの胸を揺らしながら反論する。

「アタシに仕事を振りなさいよぉ！　アタシだって、ソータの役に立てるってところを見せてあげるんだからねっ！」

「うーん。やって欲しい仕事はあるんだけど……。でもなぁ、こんな危険な仕事……とてもじゃないけど女の子には任せられないよ」

「フフン。見くびらないで貰《もら》えるかしら？　地上に降りて力を失ったとは言ってもアタシは女神なのよ？　ソータのためならアタシ、なんだってやってあげるわよ！」

「よし、本当になんでもやってくれるんだな。言質《げんち》は取ったぞ？」

「……はい？」

さてと。

アフロディーテの了解も得たことだし、これで必要なカードの一枚は確保することが出来た。

後はコカトリスの居場所を突き止めれば、奴を倒す準備は完了する。

「なあ。シエル。ちょっと作って欲しいものがあるんだけど、頼まれてくれるか？」

「あ、はい。自分に出来ることがあるなら何なりと」

頭の中でコカトリスを倒す算段を練りながら俺は、憎き鳥竜にリベンジを誓うのであった。

～～～～～～～～～～～～～～～～～


それから。

2時間くらい森の中を彷徨《さまよ》い歩いただろうか。

血の匂いを嗅ぎ分けるというキャロライナの特技も手伝って、ついに俺たちはコカトリスの居場所を突き止めることに成功する。

コカトリスはカスールの森の中にある樹の中でも一際《ひときわ》背の高い大樹の上に寝床を作っているようで、現在は巣の中で体を休めている最中であった。


「それにしても……酷い臭いだな」


コカトリスが寝泊まりしている大樹の枝には、ウルフを初めとする様々な生物の死骸が串刺しになっていた。

太陽の光を当てて、干し肉でも作るつもりなのだろうか？

ちょっとした地獄絵図である。

そう言えば日本にいる百舌《もず》という鳥にも似たような習性があったっけ。

「……って。なんでアタシはこんな目に遭《あ》わされているのよー⁉」

自ら置かれた危機的な状況に気付いたアフロディーテは、悲鳴にも似た声を上げていた。

「おいおい。なんでもするって言ったのはディーの方だろ」

「ううぅ……。たしかに言ったけど……。言ったけどぉ……！　囮《おとり》役を回されるなんて聞いていないわ！　限度っていうものがあるでしょぉっ！」

今現在。

アフロディーテは、コカトリスの寝泊まりしている大樹の近くにある木の幹に磔《はりつけ》にされていた。

縄で体を拘束されたアフロディーテは、胸元《むなもと》がいい感じにはだけて、太股《ふともも》は露《あら》わになり、扇情的な雰囲気を醸《かも》し出していた。

ちなみにこの縄はシエルが植物の蔓《つる》を加工して作ってくれた特別製である。

名付けて……コカトリス誘惑作戦！

それこそが、俺の編み出した今回の任務における必勝法であった。

「ソータの鬼！　悪魔！　カゼハヤ・ソータなんて無駄に爽《さわ》やかな名前のくせに！　やっていることは鬼畜《きちく》そのものじゃない！」

名前は関係ないだろう。名前は。

「まあ、そう言うな。これは美の女神である……お前にしか出来ない仕事なんだ」

「アタシにしか出来ない……仕事……!?」

「ああ。普通の女の子には、モンスターを誘惑することなんて不可能だろ？　これは美の女神であるアフロディーテにしか出来ない仕事なんだ！」

「……!?」

俺が説得すると、アフロディーテはハッと何かに気付いたような面持《おもも》ちになる。

「フフ。フフフ。仕方がないわね〜。も〜っ。ソータったらアタシがいないとなんにも出来ないんだからっ」

「ああ。ディーにはいつも助けられっぱなしだな」

当然、何もかも嘘だ。

あの鳥のバケモノに女性の容姿の良し悪しが分かるとは思えない。

本人の前では口が裂けても言えないのだが——。

桁《けた》外れの生命力を持ったこいつなら、何かアクシデントがあっても簡単に怪我を負ったりしないだろうから囮役には最適だと考えていた。

「ご主人さまは……普段は虫も殺さなそうな顔をしているのに、時折驚くほど酷いことをするのですね」

「上手《うま》く口車に乗せて女神さまを生贄《いけにえ》にするなんて……。ソータさんは非道ッス……。鬼畜ッス……」

俺の考えを見透かしたキャロライナ&シエルは、チクリと刺すようなツッコミを入れる。

くっ……。

俺だって罪悪感がないわけではないんだぞ？

けれども、今は手段を選んでいられる余裕がない。

この作戦が上手くいったらアフロディーテには、後で好きな服を買ってやることにしよう。


～～～～～～～～～～～～～


コカトリスを誘《おび》き出す餌《えさ》を用意したところで今度は魔物の配置である。

とりわけ今回の作戦で大きなウエイトを占めるのはマッドマッシュだろう。

俺はコカトリスの襲撃に備えて次々に魔物を召喚すると、最後にカギとなるマッドマッシュを呼び出した。

「ノコッー！」

ピンク色のキノコ傘《がさ》を持ったマッドマッシュは、クネクネと体をくねらせながら奇妙な声を上げていた。

俺はマッドマッシュを、コカトリスが寝床にしている大樹の前まで移動させる。

（マッドマッシュ……乱れ粉だ！）

こいつのスキルが予想外に広範囲に届くことは既に実験済みである。

2匹のマッドマッシュが放った乱れ粉は、巣の中で翼を休めているコカトリスの元にまで到達した。

「グギャアアアアアアス！」

コカトリス　等級Ｂ　ＬＶ24／30　状態（発情）

よし！

作戦の第一フェーズ成功だ！

鑑定眼のスキルを使ってみると、コカトリスのステータスが発情状態になっているのを確認することが出来た。

（ディー。こっちは上手くいった！　後は頼んだぞ！）

（うん。オッケー！）

作戦が上手くいったことを確認した俺は、木の蔓で縛り付けられている女神さまに向かってサインを送る。

「うっふっ〜ん。コカトリスちゃん〜！　こっちに来て、アタシといいことしましょう♥」

俺の合図を確認したアフロディーテは、わざとらしい台詞《せりふ》を吐きながらセクシーなポーズを取っていた。

発情状態に陥《おちい》ったコカトリスは、地面を這《は》うような低空飛行でアフロディーテに近づいていく。

ところが――。

「ぎゃあああ！　ソータッ!!　ソータ早く！　助けて!!」

先程までの色仕掛けは何処にやら――。

接近するコカトリスの迫力に負けたのか、アフロディーテは手足をジタバタとさせながら叫んでいた。

（ゴブリンナイト！　陣を組んでくれ！）

俺は事前に配置していたゴブリンナイト10匹に指示を飛ばして、コカトリスの動きを封じにかかる。

ここから考えられるコカトリスの行動パターンは2種類。

正面にいるゴブリンナイトたちを避けてくるか、構わず突っ込んでくるかである。

「ぐごおおおおおおおおおおおお！」

発情状態の効果恐るべし！
結果は後者だったらしい。
興奮したコカトリスは一切《いっさい》の減速をせずに、重量級のゴブリンナイトに突進していく。
コカトリスがゴブリンナイトに衝突した瞬間、絶好のチャンスが訪れた。

（ライトマッシュ……痺《しび》れ粉だ！）

俺は事前に配置していたライトマッシュに指示を投げて、動きの止まったコカトリスに向かって胞子《ほうし》を飛ばす。

「ゲッゲゲゲッゲッ！」

大量の胞子を吸い込んだコカトリスは、巨大な翼を動かしながら地面の上をイモムシのように転がり回り、大量の土煙《つちけむり》を巻き上げる。
「クッ……。こいつ！」

麻痺《まひ》で動きを封じているのに凄まじい抵抗である。

相手が麻痺状態から回復したら厄介だ。

空に向かって逃げられたら次にコカトリスを倒す手段はない。

俺はゴブリンナイトに指示を飛ばして、コカトリスの身柄を取り押さえるように命令する。


「グギャアアアアス！」


それでも動きが止まらないので徐々に魔物の数を増やして対抗する。

その結果――。

14匹目のゴブリンナイトを向かわせた頃《ころ》には、なんとかコカトリスを無力化することに成功した。

暫く時間が経《た》つと、コカトリスは体をピクピクと痙攣《けいれん》させて嘘のように大人しくなっていた。

勝負に一区切りがついたことを確認した俺はホッと胸を撫《な》で下ろすのであった。

エピローグ
3人目の仲間

それからのことを少し話そうと思う。

俺《おれ》が討伐《とうばつ》証明部位としてコカトリスの頭部を持ち帰ると、冒険者ギルドは凄《すさ》まじい騒ぎになった。

これは後になって分かった話なのだが、どうやら俺が倒したコカトリスは産卵期を終えたメスの個体だったらしい。

その証拠にコカトリスが寝床にしていた巣の中には大きなタマゴが入っていた。

メス個体なのにアフロディーテに発情したことには少し驚いたが、今にして思えば納得である。

餌《えさ》となる獲物を木の枝に差して放置していたのは、子育てに備えてのことだったのだろう。

倒したコカトリスの鱗《うろこ》は、高値で売ることが出来るらしいので剝《は》ぎ取った素材はシエルに渡すことにした。

彼女も今回の依頼を手伝ってくれたわけだし、ちょうどいい見返りを用意出来て好都合だろう。

~~~~~~~~~~~~~~~~~~

コカトリスを討伐してから数日後。
~~~~~~~~~~~~~~~~~~

冒険者ギルドから約束通りの３００万コルを受け取った俺は、シエルの借金を返済するためにバクラジャ商会にまで足を運んでいた。

「ダメだ。これっぽっちの額では全《まった》く足りねえなぁ」

借金取りの男は俺から金貨が３００枚キッチリ入った袋を受け取った上で、下劣《げれつ》な笑みを浮かべていた。

「……どういうことですか？」

「お金持ちの冒険者さんよ～。利息っていう言葉を知っているか？　昔の借金がいつまでも同額のまま維持するわけがねえだろうよ」

「なるほど。利息という言葉は知っています。ちなみにその額は後どれくらい残っているんですか？」

「うーん。ちょっと待っていろ。今計算するから」

モヒカンの男は欠伸《あくび》を嚙《か》み殺したような表情で手元の書類に目を通す。

「まぁ、ザッと３００万コルってところだな。そんだけの額が用意出来るっていうなら今度こそ奴隷にする話はなしにしてもいいぜ」

「………………」

そこまで聞いたところで俺は確信した。

この男は最初から借金の返済に応じるつもりはない。

いわゆるムービングゴールポストというやつである。

「どうする？　そうだなぁ。今回の実績もあるし、次は2週間ほど時間をくれてやろう」

この短期間で300万コルという大金を用意したことから、向こうは俺のことをいいところの坊ちゃんか何かと勘違いしているのだろう。

いずれにせよ俺から絞り取れるだけ絞り取るつもりであることは間違いない。

「ふざけるな。そんな要求が通るわけ……」

「払うッスよ」

意外なことに俺の言葉を遮《さえぎ》ったのは、その場に同伴していたシエルであった。

シエルはドシリという景気の良い音を立てながら、金貨の入った袋をテーブルの上に置く。

「……なっ」

「これで自分は自由ッスね！　今日までご迷惑をおかけしました」

「き、貴様《きさま》っ⁉　これほどの大金をどうやって⁉」

慌《あわ》てるモヒカン男には目もくれずにシエルは音を立てずに席を立つ。

「ソータさん。行きましょう」

「あ、ああ」

憑《つ》き物が落ちたかのような清々《すがすが》しい笑顔を浮かべながら、シエルは俺の袖《そで》を引っ張って店の出口に足を運ぶ。

それにしても300万コルなんていう大金……彼女はどうやって用意したのだろうか？

手持ちのコカトリスの鱗を売っても30万コルくらいにしかならないと聞いていたのだが。

「ちょっと待て。今のは間違い！　冗談だ！　計算し直したら利息は500万コルあったぜ！だから、これっぽっちの額ではお前を奴隷として売る話は白紙に戻せねえな！」

借金取りの男は、足取りを速くして扉の前に立ち、俺たちの退路を塞《ふさ》ぎ始める。

この野郎……何処《どこ》まで鬼畜《きちく》な奴《やつ》なんだ！

俺から300万、シエルから300万、合わせて600万コルも手に入れたのだから素直に引けばいいだろうに……。

いや、違うな。

この焦《あせ》り方を見ると、既にシエルの身柄の引き受け先との商談がまとまった後だと見るのが正解か。

どんなに大金を積まれても契約を撤回出来ないという状況にあるのだと仮定すれば、色々と納得が出来る部分がある。

「……ソータさん」

「大丈夫。こう見えて俺は超強いからな。安心しろって」

不安気な眼差《まなざ》しで袖を引っ張るシエルに対して、励ましの言葉をかけてやる。

以前とは違って、今度はキチンと安心させてやることが出来たのかもしれない。

シエルは無言のまま首を縦に振った。

「そこを引けよ。外道が！」

「……ハンッ！　引けと言われて引くバカが何処にいる！　お前は黙って俺のためにカネを用意すればいいんだよ！」

借金取りの男は、懐《ふところ》から取り出した短剣を手にして脅しにかかる。

これ以上は何か話したところで時間の無駄だろう。

そうだな。

この男を懲《こ》らしめるのには、ちょうどいい魔物がいる。

「行け。ワーウルフ」

ボールの中から召喚されたワーウルフは、扉の前に立つ男を思い切り殴り飛ばす。

「……グバァッ！」

悲痛な呻《うめ》き声を漏《も》らした男は、そのまま5メートルほど吹っ飛ぶと顔面から血を流してヒクヒクと体を痙攣《けいれん》させていた。

「警告しておく。二度と俺たちの前に姿を現すな。次に会ったら確実に頭を潰《つぶ》すからな？」

「……オボッ。オボボッ」

口から血の泡を吹き出した男は涙目になりながらもコクリと首を縦に振る。

この様子だと……せっかく手に入れた大金も治療費に消えてしまいそうだな。

こうして、紆余曲折《うよきょくせつ》を経たものの――。

シエルと彼女を取り巻く問題を解決することが出来た。

部下の横暴な行為を止めることが出来て、ワーウルフ（元バクラジャさん）も涙を流して喜んでいるに違いない。

～～～～～～～～～～～～～～～～


「……なるほど。それで結局、店は売ることにしたのか」

「はい。個人的に少し思うところがありまして。スパッと売ってしまったッス」

奴隷商会を出た俺は、シエルの用意した３００万コルの出処について尋ねることにした。

「でもよかったのか？　師匠が残してくれた大切な店だったんだろ？」

「ええ。けど、いいんです。自分は一度、店の外に出て本格的に師匠を探すつもりッス。今の生活だと仕事に追われて師匠を探す手掛かりを得られませんからね。そっちの方が店に拘《こだわ》るよりも大切なことだと思ったんです」

「うん。それはいい考えだな」

仮にシエルの師匠が生きていたとして――。

その人も彼女が店に縛られて不幸になることを望んではいないだろう。

「それで……ソータさん。折り入って今回、お願いしたいことがあるんですが……。どうか……自分のことを仲間にして頂けませんか？」

眼に決意の炎を灯らせながらもシエルは言う。

「えーっと……。仲間っていうと俺と一緒に旅がしたいってことか？」

「はい！　旅に出ようにも自分に出来ることは、モノを作ることだけなので……。ソータさんに自分のことを専属の鍛冶屋として受け入れて頂けると……凄《すご》く助かるなぁ、と」

「………………」

何も後ろめたいことはない！

この世界での俺の長期的な目標は、いずれ復活すると予言されている魔王を倒すことである。

シエルの師匠は、魔族の討伐に向かってから消息を絶っているという。

ならば俺と同行することで、その手掛かりを発見出来ることもあるかもしれない。

「ちょっと。ソータ。貴方もしや……何か邪《よこしま》なことを考えているのではないでしょうね？」

「ご主人さま。まさか彼女にも酷《ひど》いことをするつもりなのですか……？」

俺の下心に気付いたアフロディーテ＆キャロライナは声を荒げて糾弾《きゅうだん》する。

「いいだろう。シエル。そういうことなら大歓迎だよ」

「ほ、本当ッスか⁉」

「ああ。しかし、それには一つ条件がある。シエル。ちょっと、そこで背を向けて立ってみようか」

「えーっと。こうッスか？」

「ああ。そうそう。いい感じだ」

俺はカプセルボールをシエルの無防備な背中に向けて投げる。

「なっ⁉　これは一体……なんなんスか⁉」

カプセルボールは突如《とつじょ》として眩《まばゆ》いばかりに発光して、シエルの体を吸い込んでいく。

結果。

いつの間にやらシエルの体は、すっかり小さなカプセルボールの中に入ることになった。

「ど、何処っすか此処《ここ》は⁉　だ、出して下さいッス～⁉」

突然のことに混乱したのか、シエルは涙目になりながらもボールの内側からドンドンと壁を叩《たた》く。

三人目の美少女を獲得した俺は、ふと思う。

正直に言うと……これから異世界で生活していくにあたり、色々と不安はある。

果たして俺は無事に日本に戻ることが出来るのだろうか？

それ以前に……魔王を倒すことが出来るのだろうか？
まだまだ問題は山積みであるが、クヨクヨと悩んでいても仕方がない。
とりあえず今は、三人目の仲間と出会えた喜びを嚙みしめるとしよう。

鍛冶屋の美少女……ゲットだぜ！

シエル・オーテルロッド

種族　ノーム

レベル　12

生命力　58
筋力値　65
魔力値　18
精神力　32

スキル

火属性魔法（初級）

おまけ短編

女神さまは小動物

セイントベルの街からカスールの森の間には大きな川が流れていた。

何気なく川を眺めていた俺《おれ》はそこで奇妙な物体を発見する。


「ん？　なんだあれは？」


「……どうやら水車のようですね。脱穀・製粉などに使う原動機です。見たところ誰《だれ》にも使われずに放棄されているようです」

「へぇ。なるほどなぁ」

存在は知っていたが、実際に見るのは初めてである。

「なあ。シエル。あそこにある水車を利用して作って欲しいものがあるんだけどいいかな？」

「……はい。自分に出来ることがあるならなんなりと。ところで水車を使って一体何を作るというんでしょうか？」

「ふふふ。それはだな……！」

俺はシエルに対して自分の考えを説明する。

以前からカプセルボールの中に魔物たちの訓練施設を作ってやりたいと思っていたんだよな。

このアイデアが実現すれば、ボールの中で生活している魔物たちも喜んでくれるに違いない。

～～～～～～～～～～～～～


それから数日後。

シエルに依頼していた品がついに完成した。

「こんな感じでどうでしょうか？」

「……完璧《かんぺき》だ。凄いぞ！　シエル！」

何を隠そう！　俺がシエルに作ってもらったのは、ハムスター小屋の中にあるような『回し車』である。

水車を改造して作った『回し車』は、人間の使用にも耐えられるほど大きかった。

「……ご主人さま。浅学《せんがく》な私には到底思いつきません。この道具は一体どういう用途で使うのでしょうか？」

「ふふふ。それを今から実演して見せようと思う」

そこで俺はゴブリンナイトを召喚すると、水車の中に乗せて走らせる。

その直後。

カラカラと音を立てながら水車は回転する。

「なるほど。つまりこの道具は魔物専用のトレーニング機材のようなものでしょうか？」

「……う～ん。まぁ、そんな感じかな？」

正確に言うと飼っている小動物の運動不足を解消するための器具なのだが……。

細かく説明しても仕方がないので黙っておくことにしよう。

「ボールの中の設備はみんなのものだからな。魔物だけじゃなくて使いたい人がいたら自由に使っていいぞ」

「ちょっとソータ！　貴方……偉大なる女神であるアタシを動物扱いする気!?」

「いや。そんなつもりはなかったんだが……」

「人をバカにするもの大概にしなさいよ！　アタシはそんな子供騙《だま》しの玩具《おもちゃ》……絶対に使わないんだからねっ！」

俺の提案を受けたアフロディーテはプリプリと怒り始める。

そうか。

他《ほか》のメンバーと違ってアフロディーテは地球のことも知っているのか。

う～ん。迂闊《うかつ》だったかな？

たしかに先程の発言はデリカシーに欠けるものだったのかもしれない。

～～～～～～～～～～～～～～～～


その日の夜。

俺は部屋の中で唐突に目を覚ます。

なんだろう。

妙な音が聞こえてくるぞ。

どうやら音の発生源は、テーブルの上に置かれたカプセルボールの中にあるらしい。

どれどれ。

ちょっと様子を覗《のぞ》いてみるか。

外側からボールを見ていると、そこには上機嫌で『回し車』の中を走るアフロディーテの姿があった。


「楽しい！　何これ……超楽しいわ！」


額に汗を垂らしながらアフロディーテは懸命に走り続けていた。

一人で回し車を使用している女神さまの姿を目《ま》の当《あ》たりにした俺は……昔飼っていたハムス

ターのことを思い出す。
奴《やつ》らも夜行性だったから俺の睡眠をよく妨害してくれたよな。
この女神さま……まんまハムスターやんけ。
……。
…………。
今回のことは見なかったことにしておいてやろう。
予想外の光景を目にした俺は、生温《なまあたた》かい気持ちを抱くのであった。

あとがき

柑橘《かんきつ》ゆすらです。

そんな感じで異世界モンスターブリーダーの１巻でした。

読者の方はあまり意識をしていないかもしれませんが、この作品は２０１６年４月に創刊したＧＡノベルというレーベルから出版された作品になっています。

新レーベルのトップバッターということで作者もいつも以上にワクワクです。

本編の方で直接明かすことはなかったのですが、この作品は『ポケモン』というゲームからインスパイアを受けて作られたものになります。

主人公のチート能力がマスターボールで女神さまをゲットする！

この展開を思いついてからは、プロットも切らずに見切り発車で執筆《しっぴつ》を続けました。

その結果、こうして仕事を得ることが出来まして感謝感激です。

ライトノベル作家の人生は、節目節目に良いアイデアを思いつけるかどうかにかかっているんだなぁ、と悟《さと》りました（笑）。

以下、宣伝タイム。

私、柑橘ゆすらは講談社ラノベ文庫というレーベルから『異世界支配のスキルテイカー』という作品を出版しています。

内容の方は、ごくごく普通の高校生が100人の奴隷《どれい》ハーレムを作るために頑張るというストーリーになっています。

異世界モンスターブリーダーと設定を共通させている部分も多いので、この本を読んで頂けた方ならばニヤリと出来る場面も多いと思います。

興味のある方は、異世界支配のスキルテイカーの方も何卒よろしくお願いします。

それでは。

次巻で再び皆様と出会えることを祈りつつ――。

柑橘ゆすら

GAノベル

異世界モンスターブリーダー
～チートはあるけど、のんびり育成しています～

2016年4月30日　初版第一刷発行

著者　柑橘ゆすら
発行人　小川 淳
発行所　〒106-0032　東京都港区六本木2-4-5
SBクリエイティブ株式会社
03-5549-1201　03-5549-1167(編集)

装丁　AFTERGLOW
印刷・製本　中央精版印刷株式会社

ISBN978-4-7973-8686-8
Printed in Japan

ファンレター、作品のご感想をお待ちしております。
〒106-0032　東京都港区六本木2-4-5
SBクリエイティブ株式会社
GA文庫編集部 気付

「柑橘ゆすら先生」係
「かぼちゃ先生」係

本書に関するご意見・ご感想は
下のQRコードよりお寄せください。
※ご記入の際、特殊なフォーマットや文字コードなどを使用すると、読み取ることが出来ない場合があります。
※中学生以下の方は保護者の了承を得てからご記入ください。
※アクセスの際や登録時に発生する通信費等はご負担ください。

http://ga.sbcr.jp/

魔女の旅々《たびたび》

白石定規

イラスト／あずーる

あるところに旅の魔女がいました。彼女の名はイレイナ。旅人として、色々な国や人と出逢いながら、長い長い旅を続けています。魔法使いしか受け入れない国、筋肉が大好きな巨漢、死の淵で恋人の帰りを待つ青年……。今日も今日とて魔女は出逢いと別れの物語を紡いでいきます。

「構わないでください。私、旅人なものですから。先を急がなければならないのです」

魔女。——それは、私です。

GA文庫

伊達エルフ政宗

著：森田季節
イラスト／光姫満太郎

高校生、真田勇十《さなだゆうと》は戦国時代の真田幸村《ゆきむら》として転生した。しかし、そこで出会ったのは眼帯のエルフ!?　彼女こそ大名の伊達政宗《だてまさむね》だという。

「同じエルフでも最上《もがみ》のようなダークエルフと一緒にするなよ」

織田《おだ》サタン信長《のぶなが》が覇道を進むこの世界で、戦国時代の歴史を知る真田勇十は生き残ることができるのか？

森田季節×光姫満太郎が贈る異世界転生×戦国ファンタジー！

灰燼《かいじん》の魔法士と魔導戦艦

葉月双

イラスト／伍長

「俺は『硫黄島《いおうとう》の悲劇』の生き残り。スパイ疑惑をかけられている」

　魔法を基盤に発展した日本によく似た国家、煌国《こうこく》は、時空の歪みを通り抜けて来た軍隊と戦争状態にある。この世界にない兵器を扱う彼らは模倣人《ミミック》と呼ばれていた。模倣人に捕らわれていた少年、咲良誠《さくらまこと》は、彼らの実験で強大な魔力値を得て生還。裏切り者がいると考えた誠は、海上学園に再入学する。世界を守るため、過去に決着をつけるため、誠は裏切り者を捜す。全てを灰燼と化す力を得た少年の学園バトル・マギカ開幕！